북즐 활용 시리즈 15

기업 문서 제대로 고쳐 쓰기

(바른 우리말)

15

북즐
활용 시리즈

기업 문서 제대로 고쳐쓰기
(바른 우리말)

펴 낸 날 초판 1쇄 2020년 7월 24일

지 은 이 박기원
펴 낸 곳 투데이북스
펴 낸 이 이시우
교정 · 교열 박기원
편집 디자인 박정호
출판등록 2011년 3월 17일 제 307-2013-64 호
주　　소 서울특별시 성북구 아리랑로 19길 86, 상가동 104호
대표전화 070-7136-5700 팩 스 02) 6937-1860
홈페이지 http://www.todaybooks.co.kr
페이스북 http://www.facebook.com/todaybooks
전자우편 ec114@hanmail.net

ISBN 978-89-98192-88-4 03800

이 도서의 국립중앙도서관 출판예정도서목록(CIP)은 서지정보유통지원시스템 홈페이지(http://seoji.nl.go.kr)와 국가자료종합목록 구축시스템(http://kolis-net.nl.go.kr)에서 이용하실 수 있습니다. (CIP제어번호 : CIP2020027266)

15

북즐
활용 시리즈

기업 문서 제대로 고쳐쓰기 (바른 우리말)

박기원 지음

머리말

'왜 이렇게 잘못 쓰인 말이 많지?', '어색한 표현이 꽤 많이 보이네.'
이는 필자가 기업의 문서들을 볼 때마다 마음속으로 자주 하는 말입니다.

수많은 기업과 공공기관의 문서들에서 그만큼 잘못 쓰인 부분과 어색한 표현이 많이 보이기 때문입니다.

이렇게 기업의 문서에서 문제점들이 자주 발견되는 것은 어쩌면 당연한 일인지도 모릅니다. 독서량, 글을 쓸 수 있는 기회, 체계적인 문서 교육 등이 부족하고 우리말을 제대로 쓰는 것에 대한 인식도 미흡하기 때문입니다.

전 세계에서 과학적이고 우수한 언어로 평가받는 우리말이기에 안타깝고 부끄러운 현실이라고 할 수 있습니다.

기업 문서에서 우리말을 제대로 쓰지 못하면 다음과 같은 문제점이 발생할 수 있습니다.

첫째, 문서의 내용을 통해 전달하고자 하는 것을 정확하게 전달하지 못할 수도 있습니다. 즉, 문서를 읽는 사람들과의 의사소통이 원활하지 못할 수 있습니다.
둘째, 문서를 작성하는 사람의 업무 태도나 작문 능력을 낮게 평가받을 수 있습니다.
셋째, 해당 조직의 고객 마인드나 신뢰성을 의심받을 수도 있습니다.
넷째, 문서를 점검하고 고치는 데 그만큼 시간이 소요되기 때문에 효율성이 낮아집니다.

이 책은 기업이나 공공기관에 재직하고 있는 사람들이 자주 다루게 되는 기획서, 보고서, 사업 계획서, 보도 자료, 채용 공고문 등에서 용어, 표현, 문장 등이 잘못 쓰인 사례와 올바르게 고친 부분, 간단한 해설 내용을 제시했습니다.

또한 한자어(漢字語)에 대한 이해도가 갈수록 떨어진다는 점, 같은 뜻을 가진 한자어와 우리말이 있을 경우 우리말을 쓰면 가독성이 높아진다는 점 등의 이유로 될 수 있으면 어려운 한자어를 쉬운 우리말로 고쳐 쓸 수 있도록 유도하고 있습니다. 여기에는 우리말에 대한 자긍심이 조직의 문서 작성 과정에도 그대로 투영되었으면 하는 바람이 담겨 있기도 합니다.

우리말을 제대로 쓴다는 것이 결코 쉬운 일은 아닙니다. 하지만 우리말에 대한 애정과 관심을 바탕으로 역량을 차근차근히 키워 나간다면 개인은 물론 조직의 소통 역량이 실질적으로 향상될 것입니다.

이 책과 인연을 맺은 분들이 기업 문서를 우리말 어법에 맞게 그리고 우리말답게 쓰는 데 도움이 되었으면 하는 게 제 바람입니다.

끝으로 이 책이 나오기까지 여러모로 노력해 주신 투데이북스의 이시우 대표님, 부족한 저에게 많은 격려를 해 준 여러 지인에게 감사하다는 말을 전하고 싶습니다.

2020년 7월

저자 박기원

CONTENTS

제1장

보고서

희망을 가져야 한다. 왜냐하면 희망은 그 자체가 행복이기 때문이다.

– 사뮤엘 존슨 –

01 보고서

가. 맞춤법

무료 급식 사업은 A병원이 비용을 부담하는 **방식이었다.**
→ 무료 급식 사업은 A병원이 비용을 부담하는 **방식으로 진행되었다.**

주어인 '무료 급식 사업은'과 술어인 '방식이었다'가 잘 호응하지 않습니다. '방식이었다.'를 '방식으로 진행되었다.'로 고쳐 쓰면 되겠습니다.

이 **보고서에서는** 에너지 정책의 **효율성이 다루어졌다.**
→ 이 **보고서는** 에너지 정책의 **효율성을 다루었다.**

원 문장은 주어가 없기에 뜻이 명확하지 않습니다. '이 보고서는'을 주어로 하여 능동태 문장으로 바꾸어 주는 것이 좋겠습니다.

00 상품은 신청 접수를 시작함과 동시에 뜨거운 **화제였다.**
→ 00 상품은 신청 접수를 시작함과 동시에 뜨거운 **화젯거리가 되었다.**

원 문장은 주술관계가 어색합니다. '뜨거운 화제였다.'를 '뜨거운 화젯거리가 되었다.'로 바꾸어 주면 자연스럽게 읽을 수 있습니다.

OO연구센터는 10개의 미래 **신기술을 새로이** 개발하였다.
→ OO연구센터는 10개의 미래 **신기술을** 개발하였다.

'신기술'에 '새로운'이라는 의미가 들어가 있으므로 '새로이'라는 말을 없애야 합니다.

신제품 매출이 급신장할 것으로 **생각되어짐.**
→ 신제품 매출이 급신장할 것으로 **생각됨.**

'~되어지다'라는 표현은 이중 피동이므로 '생각되어짐'을 '생각됨'으로 고쳐 주어야 합니다.

A사는 이 기기를 **올바르게** 사용하는 데 필요한 여러 가지 정보를 제공했다.
→ A사는 이 기기를 **제대로** 사용하는 데 필요한 여러 가지 정보를 제공했다.

'올바르다'라는 말의 뜻은 '말이나 생각, 행동 따위가 이치나 규범에서 벗어남이 없이 옳고 바르다.'입니다. 따라서 위 문장에서는 '올바르게'가 적절하지 않은 말입니다. '제대로'라는 말로 바꾸어 주면 좋겠습니다.

이달 초에 이사진을 선임해 경영에서 큰 **영향**을 발휘하고 있다.
→ 이달 초에 이사진을 선임해 경영에서 큰 **영향력**을 발휘하고 있다.

'발휘(發揮)'의 뜻은 '재능, 능력 따위를 떨치어 나타냄.'입니다. 따라서 위 문장에서는 '영향'을 '영향력'으로 고쳐 써야 하겠습니다.

이에 대한 대처 방안은 두 가지입니다.
→ **이에 대처할** 방안은 두 가지입니다.

원 문장에서 '대(對)'가 중복되므로 '이에 대한 대처 방안은'을 '이에 대처할 방안은'으로 고쳐 주면 좋겠습니다.

장기간 제도 개선을 요하는 경우에는 사전 교육을 했다.
→ **제도 개선에 오랜 기간이 필요한** 경우에는 사전 교육을 했다.

원 문장에서는 명사가 나열되어 우리말답지 못하고 '요하다'라는 말 때문에 딱딱한 느낌이 듭니다. '장기간 제도 개선을 요하는'을 '제도 개선에 오랜 기간이 필요한'으로 고쳐 쓰면 자연스럽게 읽을 수 있습니다.

우리 회사가 2025년에는 100만 대를 **판매한다는 계획이다.**
→ 우리 회사가 2025년에는 100만 대를 **판매할 계획이다.**

원 문장의 주술관계가 잘 호응하지 않습니다. '판매한다는 계획이다.'를 '판매할 계획이다.'로 고쳐 쓰면 좋겠습니다.

00팀의 구성원들 중 절반가량은 전문가 수준에 이른 것으로 **보여짐.**
→ 00팀의 구성원들 중 절반가량은 전문가 수준에 이른 것으로 **보임.**

'보다'의 피동사가 '보이다'이므로 여기에 또 피동을 표현하는 '~어지다'가 결합되면 이중 피동이 됩니다. '보여짐'을 '보임'으로 바꿔 써야 합니다.

00사가 그간 주목받지 못했던 이유는 00에 대한 **규제 조치 때문에** 영업 활동이 위축되어 왔기 때문이다.
→ 00사가 그간 주목받지 못했던 이유는 00에 대한 **규제 조치로** 영업 활동이 위축되어 왔기 때문이다.

위 문장에서는 '때문'이 두 번이나 나오므로 하나를 다른 표현으로 고쳐야 합니다. '조치 때문에'를 '조치로'로 고쳤습니다.

00산업의 **인력은** 20만 명이 넘는다.
→ 00산업의 **종사자 수는** 20만 명이 넘는다.

20만 명이라는 말을 고려하면 '인력'을 '종사자 수'로 고쳐 써야 하겠습니다.

일부의 직원들은 목표를 달성하려는 의지가 부족함.
→ **일부** 직원들은 목표를 달성하려는 의지가 부족함.

관형격조사 '~의'는 일본식 표현에 영향을 받은 것이며, 위 문장에서는 '~의'가 없어도 뜻이 통하므로 이를 없애 주는 것이 바람직합니다.

지역 **물품의 우선 구매**
→ 지역 **소재 업체에서 생산하는 물품을 우선 구매함.**

'지역 물품의 우선 구매'는 명사구를 이루는데, '구매'와 같이 동작성이 있는 명사의 경우 이러한 쓰임이 완전히 자연스럽지는 않습니다. 따라서 '지역 소재 업체에서 생산하는 물품을 우선 구매함.'처럼 서술어를 명확히 드러내는 것이 좋습니다.

경영혁신을 실현함으로써 **생산성 향상이 가능하다.**
→ 경영혁신을 실현함으로써 **생산성을 높일 수 있다.**

현재 '무엇이 가능하다' 구조가 많이 쓰이는데, 이는 자연스럽지 않고 문법에 어긋나는 경우가 많습니다.

A사 제품의 **장·단점**은 다음과 같다.
→ A사 제품의 **장단점**은 다음과 같다.

표준국어대사전에 '장단점'은 한 단어로 나와 있으므로 가운뎃점(·) 없이 붙여 써야 합니다.

예탁금 운용의 신뢰성과 적정성을 확보하기 위해 매년 회계법인**의 검증을 수행하고 있다.**
→ 예탁금 운용의 신뢰성과 적정성을 확보하기 위해 매년 회계법인**을 검증하고 있다.**

'수행'이라는 말은 군더더기이므로 굳이 쓸 필요가 없습니다.

이는 **노사관계가 '대립·갈등'에서** '상생협력' 관계로 **변화되었다는** 큰 의미가 있다.
→ 이는 **노사 간이 '대립·갈등' 관계에서** '상생협력' 관계로 **변화되었다는 점에서** 큰 의미가 있다.

원 문장에서는 주술관계가 제대로 호응하지 않습니다. 두 번째 문장과 같이 다듬어 주면 좀 더 매끄럽게 읽을 수 있습니다.

양사 간의 합의로 A프로젝트가 시작되었다.
→ **양사가 합의하여** A프로젝트가 시작되었다.

'양사 간의 합의로'는 자연스럽지 않은 표현입니다. 이를 '양사가 합의하여'로 고쳐 쓰면 좋겠습니다.

5대 핵심 역량 가운데 글로벌 **리더십이 가장 낮은 역량 수준으로** 나타남.
→ 5대 핵심 역량 가운데 글로벌 **리더십의 역량 수준이 가장 낮은 것으로** 나타남.

'글로벌 리더십이 가장 낮은 역량 수준으로 나타남.'은 적절하지 않은 표현입니다. 이를 '글로벌 리더십의 역량 수준이 가장 낮은 것으로 나타남.'으로 고쳐 쓰면 좋겠습니다.

2019년 전체 매출액에서 00 사업이 차지하는 비중은 55퍼센트로서 전년도에 비해 10**퍼센트**가 늘었다.
→ 2019년 전체 매출액에서 00 사업이 차지하는 비중은 55퍼센트로서 전년도에 비해 10**퍼센트포인트**가 늘었다.

백분율로 나타낸 수치가 이전 수치에 비해 증가하거나 감소한 양을 나타내는 것이라면 '퍼센트포인트'로 표현해야 합니다.

김00 부장은 "그 분야의 선도 업체인 A사와 업무 협약을 체결할 예정이다."**고** 말했다.
→ 김00 부장은 "그 분야의 선도 업체인 A사와 업무 협약을 체결할 예정이다."**라고** 말했다.

직접 인용을 나타내는 조사는 '고'가 아니라 '라고'입니다.

양해각서에 **기반한** 협조 체제의 구축이 매우 중요할 것으로 보임.
→ 양해각서에 **기반을** 둔 협조 체제의 구축이 매우 중요할 것으로 보임.

'기반하다'는 없는 말이므로 '기반한'을 '기반을 둔'으로 고쳐 써야 합니다.

품질은 제품이 **생산 또는** 인도되기 전에 검증되어야 한다.
→ 품질은 제품이 **생산되거나** 인도되기 전에 검증되어야 한다.

'생산되거나 인도되기'로 표현하는 것이 조금 더 자연스럽습니다.

해당 기간의 **영업이익률은** OO본부가 21.2%로 가장 높으며, **본부가 12.5%로 가장 낮다.
→ 해당 기간의 **영업이익률을 살펴보면,** OO본부가 21.2%로 가장 높으며, **본부가 12.5%로 가장 낮다.

'영업이익률은'을 '영업이익률을 살펴보면'로 고쳐 주면 훨씬 더 자연스럽게 읽을 수 있습니다.

각 **부서** 주요 업무 과제 → 각 **부서의** 주요 업무 과제

명사만 연결되어 있으면 어색하므로 부서 뒤에 조사 '의'를 넣어 주는 것이 자연스럽습니다.

B사는 사업 영역을 계속 **확장시켜** 나가고 있음.
→ B사는 사업 영역을 계속 **확장해** 나가고 있음.

'확장하다'에 '범위, 규모, 세력 따위를 늘려서 넓히다.'라는 사동의 뜻이 있으므로 '시키다'를 붙일 필요가 없습니다. '확장해 나가고 있음.'으로 쓰는 것이 바릅니다.

A사는 **설립이** 얼마 되지 않았다.
→ A사는 **설립된 지** 얼마 되지 않았다.

원 문장은 주술관계가 호응하지 않습니다. '설립이 얼마 되지 않았다.'를 '설립된 지 얼마 되지 않았다.'로 고쳐 쓰면 되겠습니다.

그들의 주요 관심은 건강과 노후 **준비이고,** 소득 수준이 낮을수록 재혼하지 못하고 1인 가구로 남을 확률이 높다.
→ 그들의 주요 관심은 건강과 노후 **준비이며,** 소득 수준이 낮을수록 재혼하지 못하고 1인가구로 남을 확률이 높다.

'재혼하지 못하고'에서 '~고'가 나오므로 '노후 준비이고,'를 '노후 준비이며,'로 고쳐 써야 자연스럽게 읽힙니다.

이 **말은** 프로젝트의 진행이 쉽지 않을 것이라는 **의미를 내포한다.**
→ 이 **말에는** 프로젝트의 진행이 쉽지 않을 것이라는 **의미가 내포되어 있다.**

무정물인 '이 말'이 주어이므로 '이 말에는 ~ 의미가 내포되어 있다.'로 바꿔 쓰는 것이 적절합니다.

냉철한 분석 끝에 다음과 같은 결론을 도출하였다.
→ **냉철히 분석한** 끝에 다음과 같은 결론을 도출하였다.

우리말에서 '분석'과 같이 동작성을 지닌 명사를 쓸 때에는 '~하다'를 붙여 서술어로 쓰는 것이 좀 더 자연스러운 경우가 많습니다. 따라서 '냉철한 분석'을 '냉철히 분석한'으로 고쳐 쓰면 좋겠습니다.

경영진**으로부터의** 지시에 따라 000 프로젝트를 추진하였다.
→ 경영진**의** 지시에 따라 000 프로젝트를 추진하였다.

기존 조사에 다시 관형격조사 '의'가 붙은 형태는 일본어의 영향을 받은 것으로서 자연스럽지 못합니다. '으로부터의'를 간결하게 '의'로 고쳐 쓰면 되겠습니다.

> 00은행과 업무협약을 맺어 자금 조달 애로를 **완화**했다.
> → 00은행과 업무협약을 맺어 자금 조달 애로를 **해소**했다.

'애로'는 '어떤 일을 하는 데 장애가 되는 것'을 뜻하고, '완화하다'는 '긴장된 상태나 급박한 것을 느슨하게 하다.'의 뜻입니다. '해소하다'의 뜻은 '어려운 일이나 문제가 되는 상태를 해결하여 없애 버리다'이므로 '애로를 해소하다'가 더 적절한 표현입니다.

> **회사는 그러나** 이런 방침을 채택하지 않았다.
> → **그러나 회사는** 이런 방침을 채택하지 않았다.

그러나, 그런데 등과 같은 접속어는 반드시 문장의 첫머리에 써야 합니다.

> 시장의 동향을 파악해 보면 신제품에 대한 수요가 **많다.**
> → 시장의 동향을 파악해 보면 신제품에 대한 수요가 **많다는 것을 알 수 있다.**

원 문장의 주술관계가 자연스럽지 않습니다. '파악해 보면'의 뒤에 '~라는 것을 알 수 있다.'와 같은 서술어가 나오는 것이 자연스럽습니다.

고객관리팀은 클레임 **보고서 이후에** 대책을 적극적으로 마련했습니다.
→ 고객관리팀은 클레임 **보고서를 제출한 이후에** 대책을 적극적으로 마련했습니다.

'보고서 이후에'라는 표현은 어색하며 그 뜻이 명확하지 않습니다. 적절한 조사와 서술어를 넣어야 하겠습니다.

담당자가 **납품처의 주소 변경 연락을 했으나 변경되지** 않았음.
→ 담당자가 **배송팀에 납품처의 변경된 주소를 통보했으나 조치되지** 않았음.

원 문장은 담당자가 어디로 연락했는지도 명확하지 않을뿐더러 전반적으로 가독성이 떨어집니다. 두 번째 문장과 같이 고쳐 쓰면 자연스럽게 읽을 수 있습니다.

A사는 B사가 서로 협력할 것을 요청했지만 보안상의 문제를 들어 **수락하지는** 않았습니다.
→ A사는 B사가 서로 협력할 것을 요청했지만 보안상의 문제를 들어 **수락하지** 않았습니다.

한 문장 안에 '는'이 두 번이나 사용되어 문장의 의미가 효과적으로 전달되지 못하고 있습니다. '수락하지는'에서 '는'을 삭제했습니다.

마케팅본부의 직원들을 대상으로 프레젠테이션 역량을 평가했다. **이후** 우수 직원에게 포상을 했다.
→ 마케팅본부의 직원들을 대상으로 프레젠테이션 역량을 평가했다. **그 후** 우수 직원에게 포상을 했다.

'이후(以後)'의 뜻은 '기준이 되는 때를 포함하여 그보다 뒤'입니다. 평가와 동시에 포상을 할 수는 없으므로 '이후'를 '그 후'로 고쳐 써야 합니다.

최근 몇 년간 중대 질환의 발병률이 지속적으로 **증가하고** 있다.
→ 최근 몇 년간 중대 질환의 발병률이 지속적으로 **높아지고** 있다.

'발병률'은 '인구에 대한 새로 생긴 질병 수의 비율'을 뜻하므로 '높아지다'가 적절합니다.

000 시스템은 구조가 복잡하여 **유지보수가** 쉽지 않은 것으로 확인되었습니다.
→ 000 시스템은 구조가 복잡하여 **유지보수하기가** 쉽지 않은 것으로 확인되었습니다.

'~가 쉽지 않다'보다는 '~기가 쉽다'의 형태로 쓰는 것이 좀 더 적절합니다.

매출이 3년 전에 비해 **2배 감소하였다.**
→ 매출이 3년 전에 비해 **1/2로 줄어들었다.**

'2배 감소하였다.'는 잘못된 표현입니다. '1/2로 줄어들었다.'로 고쳐 써야 합니다.

A사는 **단기간의 고도성장을 이루면서** 업계에서 널리 알려졌다.
→ A사는 **단기간에 고도로 성장하면서** 업계에서 널리 알려졌다.

'성장(成長)'의 '성(成)'은 '이루다'를 뜻합니다. 뒤에도 '이루면서'라는 말이 나오므로 중복이 됩니다. '단기간의 고도성장을 이루면서'를 '단기간에 고도로 성장하면서'로 고쳐야 하겠습니다.

최근 개인 간 온라인 거래 대출에 대한 법규가 **새로이 제정되었다.**
→ 최근 개인 간 온라인 거래 대출에 대한 법규가 **제정되었다.**

'제정(制定)'의 뜻은 '제도나 법률 따위를 만들어서 정함.'입니다. 따라서 '새로이 제정되다'라는 표현에는 뜻이 겹칩니다. '새로이 제정되었다.'를 간결하게 '제정되었다.'로 고쳐 쓰면 되겠습니다.

최근에 **일어난** 감염병들은 전 세계로 빠르게 퍼졌다.
→ 최근에 **발생한** 감염병들은 전 세계로 빠르게 퍼졌다.

'감염병이 일어나다'라는 표현은 어색하므로 이를 '감염병이 발생하다'로 고쳐 주면 좋겠습니다.

부동산 투기의 움직임이 보이면 정부가 **규제를** 내놓을 것이다.
→ **부동산에 투기하려는** 움직임이 보이면 정부가 **규제책을** 내놓을 것이다.

'부동산 투기의 움직임이'는 조사 '의'가 들어감으로써 우리말답지 않은 표현이 되어 버렸습니다. 이를 '부동산에 투기하려는'으로 고쳐 써야 하겠습니다. '규제(規制)'의 뜻은 '규칙이나 규정에 의하여 일정한 한도를 정하거나 정한 한도를 넘지 못하게 막음.'입니다. 따라서 '규제를 내놓을 것이다.'는 어법에 맞지 않습니다. 이를 '규제책을 내놓을 것이다.'로 고쳐 쓰면 되겠습니다.

B사는 교육장을 마련하고 **본격적인 운영에 들어갔다.**
→ B사는 교육장을 마련하고 **본격적으로 운영하기 시작했다.**

'본격적인 운영에 들어갔다.'는 문법적으로 틀렸다고는 할 수 없겠지만 자연스럽지 않은 표현입니다. 따라서 이를 '본격적으로 운영하기 시작했다.'로 고쳐 썼습니다.

우리나라의 경우에서도 이러한 사례를 많이 볼 수 있다.
→ **우리나라에서도** 이러한 사례를 많이 볼 수 있다.

'경우'가 들어감으로써 문장이 어색해졌습니다. 간결하게 '우리나라에서도'로 고쳐 쓰면 되겠습니다.

우리는 B사가 **AI 시장 진입에** 어려움을 겪고 있다는 것을 알 수 있다.
→ 우리는 B사가 **AI 시장에 진입하는 데** 어려움을 겪고 있다는 것을 알 수 있다.

'AI 시장 진입에'는 딱딱한 표현입니다. 이를 'AI 시장에 진입하는 데'로 고쳐 쓰면 한결 부드럽게 읽을 수 있습니다.

후자는 보안 전문성이 필요하여 **난이도**가 높다.
→ 후자는 보안 전문성이 필요하여 **난도**가 높다.

'난이도(難易度)'의 뜻은 '어려움과 쉬움의 정도'이고, '난도(難度)'의 뜻은 '어려움의 정도'입니다. 따라서 위 문장에서는 '난도'를 써야 합니다.

만성적인 불경기와 사회적 양극화는 우리 모두의 **걱정이다.**
→ 만성적인 불경기와 사회적 양극화는 우리 모두의 **걱정거리다.**

술어인 '걱정이다.'가 적절하지 않습니다. 이를 '걱정거리다.'로 고쳐 써야 하겠습니다.

A사는 시장점유율 15.2%를 차지하고 있다.
→ A사의 시장점유율은 15.2%다.

'점유율(占有率)'의 뜻은 '물건이나 영역, 지위 따위를 차지하고 있는 비율'입니다. 이처럼 '점유율'에 이미 '차지하다'라는 의미가 들어가 있으므로 '시장점유율 15.2%를 차지하고 있다.'를 '시장점유율은 15.2%다.'라고 고쳐 써야 하겠습니다.

두 기관이 3개월간 노력한 끝에 **000위원회의 신설이 이루어졌다.**
→ 두 기관이 3개월간 노력한 끝에 **000위원회가 신설되었다.**

위 문장에서 '이루어지다'는 덧말입니다. 따라서 '신설이 이루어졌다.'를 '신설되었다.'로 고쳐 쓰면 됩니다.

민간 **부분** 증가율: 35.3% → 민간 **부문** 증가율: 35.3%

'부분(部分)'은 '전체를 이루는 작은 범위 또는 전체를 몇 개로 나눈 것의 하나'를 뜻하며, 부문(部門)'은 '일정한 기준에 따라 분류하거나 나누어 놓은 낱낱의 범위나 부분'을 뜻합니다. 위에서는 '부문'을 써야 하겠습니다.

채무 비율은 **유지 또는 감소** 추세를 보인다.
→ 채무 비율은 **유지되거나 감소되는** 추세를 보인다.

명사만 나열한 첫 번째 문장보다 자연스럽게 풀어 쓴 두 번째 문장이 더 자연스럽습니다.

시·도별 현황은 다음과 같다.
→ **시도별** 현황은 다음과 같다.

'시도(市道)'는 합성어(한 단어)이므로 가운뎃점(·)을 찍을 필요가 없습니다.

업체 간의 과당경쟁이 **치열하다.**
→ 업체 간의 과당경쟁이 **심각하다.**

과당경쟁은 '기업 간의 생산·판매 경쟁이 도를 지나쳐서 행해지는 상태'를 뜻합니다. 원 문장의 의미를 살펴보면, '치열하다'보다는 '심각하다'라는 말이 더 적절하다는 것을 알 수 있습니다.

현실적으로 **기업의 마케팅은 늘 시간이** 촉박하다.
→ 현실적으로 **기업의 마케팅 일정은 늘** 촉박하다.

글쓴이의 의도에 맞게 맥락이 드러나기 위해서는 '기업의 마케팅은 늘 시간이 촉박하다.'를 '기업의 마케팅 일정은 늘 촉박하다.'로 고쳐 써야 하겠습니다.

이러한 실적 부진은 자원의 합리적이지 못한 **배분에 기인한다.**
→ 이러한 실적 부진은 자원의 합리적이지 못한 **배분으로 말미암은 것이다.**

국립국어원에서는 '기인하다'를 '~로 말미암다'로 순화한바 있습니다.

첫 번째는 유럽에서 풀었던 자금이 신흥국까지 흘러들어갔다는 것이고, **두 번째는** 자체적으로 통화 확장 정책을 시행했기 때문입니다.
→ **첫째는** 유럽에서 풀었던 자금이 신흥국까지 흘러들어갔다는 것이고, **둘째는** 자체적으로 통화 확장 정책을 시행했기 때문입니다.

첫 번째와 두 번째는 반복하는 일의 횟수의 차례를 나타내는 말입니다. 따라서 첫째, 둘째로 고쳐 쓰는 게 옳습니다.

2015년에는 그 비율이 **약 10% 정도였습니다.**
→ 2015년에는 그 비율이 **약 10%였습니다.**

'약'과 '정도'는 유사한 단어입니다. 따라서 둘 중 하나인 '정도'를 문장에서 없애야 합니다.

정부의 재정 정책으로 경기 둔화는 빠르게 **회복할** 것으로 예상한다.
→ 정부의 재정 정책으로 경기 둔화는 빠르게 **회복될** 것으로 예상한다.

'정책'은 스스로 '회복할' 수 없으므로 '회복될'이라고 쓰는 것이 적절합니다.

그 보고서는 **000진흥원에 의해 발간되었다.**
→ 그 보고서는 **000진흥원에서 발간하였다.**

'~에 의해'는 영어 번역 투입니다. '000진흥원에 의해 발간되었다.'를 '000진흥원에서 발간하였다.'라고 고쳐 쓰면 좋겠습니다.

OO센터는 환경부, 중소벤처기업부 등 정부 정책 **부서**와의 협력을 강화하였다.
→ OO센터는 환경부, 중소벤처기업부 등 정부 정책 **부처**와의 협력을 강화하였다.

'부서'는 '기관, 기업, 조직 따위에서 일이나 사업의 체계에 따라 나뉘어 있는, 사무의 각 부문'을 뜻합니다. 따라서 이를 '정부 조직의 부와 처를 아울러 이르는 말'인 '부처'로 고쳐 써야 하겠습니다.

사전 기획 단계에서 전문가들에게 **자문과 의견을 수렴하였다.**
→ 사전 기획 단계에서 전문가들에게 **자문하였다.**

'자문(諮問)'은 '어떤 일을 좀 더 효율적이고 바르게 처리하려고 그 방면의 전문가나 전문가들로 이루어진 기구에 의견을 물음.'을 뜻하므로 '의견을 수렴하였다.'는 '자문'이라는 말과 의미가 중복됩니다. 따라서 '자문과 의견을 수렴하였다.'를 '자문하였다.'로 고쳐 써야 합니다.

OO센터는 OO 사업을 2017년에 **기** 수행하였다.
→ OO센터는 OO 사업을 2017년에 **이미** 수행하였다.

'기(旣)'라는 한자어를 쓸 필요없이 '이미'라는 순 우리말을 쓰면 되겠습니다.

경영은 이 **요소에 의해서도** 영향을 받는다.
→ 경영은 이 **요소에도** 영향을 받는다.

아래 '요소에 의해서도'를 '요소에도'로 바꾸어 주면 문장이 더 간결해집니다.

2015년 우리 회사는 업계 2위로 **내려앉았다.** 1위를 차지한 업체의 신제품이 무척 강세를 **보였다.**
→ 2015년 우리 회사는 업계 2위로 **내려앉았다. 그 이유는** 1위를 차지한 업체의 신제품이 무척 강세를 **보였기 때문이다.**

두 문장 간의 인과관계가 무난하지 않습니다. 이러다 보니 글쓴이가 무엇을 얘기하려 하는지 알기 어렵습니다. 두 번째 문장과 같이 고쳐 써야 하겠습니다.

그 검사는 서비스 제공 여부를 판단하기 위한 일차적인 목적이 있었다.
→ 그 검사의 일차적인 목적은 서비스 제공 여부를 판단하는 것이었다.

원 문장의 주술관계가 맞지 않으며 '여부를 판단하기 위한 일차적인 목적이 있었다.'라는 문구도 자연스럽지 않습니다. 원 문장을 두 번째 문장과 같이 고쳐 쓰면 좋겠습니다.

많은 기업이 이 정책의 시행을 원하고 있다(00 제도의 개선도 함께 원하고 있**음**).
→ 많은 기업이 이 정책의 시행을 원하고 있다(00 제도의 개선도 함께 원하고 있**음.**).

원칙적으로 괄호 안의 문장에도 마침표(.)를 써야 합니다.

개인별 **인센티브는** 작업자가 지정된 시간 안에 그 과업을 완료하였는지 아닌지에 따라 결정된다.
→ 개인별 **인센티브 지급은** 작업자가 지정된 시간 안에 그 과업을 완료하였는지 아닌지에 따라 결정된다.

결정되는 것은 '인센티브'가 아니라 '인센티브 지급'이므로 두 번째 문장과 같이 고쳐 주어야 합니다.

인증 취득 요건이 **까다로워졌음에도 불구하고** 인증 취득 기업이 2018년보다 더 많아졌다.
→ 인증 취득 요건이 **까다로워졌는데도** 인증 취득 기업이 2018년보다 더 많아졌다.

'~에도 불구하고'라는 표현이 들어가면 문장의 세련미가 떨어집니다. '까다로워졌음에도 불구하고'를 간결하게 '까다로워졌는데도'로 고쳐 쓰면 되겠습니다.

이벤트를 개최하거나 인센티브를 지급하는 등 매출 **목표의 달성에** 안간힘을 쓰고 있다.
→ 이벤트를 개최하거나 인센티브를 지급하는 등 매출 **목표를 달성하기 위해** 안간힘을 쓰고 있다.

서술형 명사인 '달성'에 '에'가 붙은 문장입니다. 이런 형식은 '이유' 이외의 의미로 쓰일 때에는 자연스럽지 못합니다. '목표의 달성에'를

'목표를 달성하기 위해'로 고쳐 주어야 하겠습니다.

㈜**000는** 정보보안에 대한 새로운 개념을 제시했다. 'SSR'이 그것이다.
→ **보안 솔루션 회사인 ㈜000는** 정보보안에 대한 새로운 개념을 제시했다. 'SSR'이 그것이다.

그냥 '(주)000'라고만 쓰면 읽는 사람들이 어떤 회사인지 모르므로 문장 앞부분에 설명하는 말을 넣는 게 바람직합니다.

00산업의 성정률은 급속한 상승 **추세에 있다.**
→ 00산업의 성정률은 급속한 상승 **추세를 보인다.**

'있다'가 들어감으로써 문장이 단조로워졌습니다. '있다' 대신 '보이다'라는 동사를 쓰면 좋겠습니다.

B사가 원천 기술이 상당히 뛰어난 것으로 평가됨.
→ **B사의** 원천 기술이 상당히 뛰어난 것으로 평가됨.

원 문장에는 이중 주어가 들어가 있습니다. 이러한 문장은 주종관계가 명확하지 않아 자연스럽지 않습니다. 'B사가'를 'B사의'로 고쳐 쓰면 되겠습니다.

그것을 계기로 전 직원을 대상으로 교육을 **실시하였다.**
→ 그것을 계기로 전 직원을 대상으로 교육을 **하였다.**

'교육을 실시하다'보다는 '교육을 하다'라는 표현이 더 자연스럽습니다.

> OO(주)에서 가장 경쟁력 있는 상품은 ***로, 최근 10년간 효자 상품 노릇을 톡톡히 해 오고 있다.
> → OO(주)에서 가장 경쟁력 있는 상품은 ***인데, 최근 10년간 효자 상품 노릇을 톡톡히 해 오고 있다.

뒤 절에서 앞 절의 말을 받아서 부가 설명할 경우에는 연결 어미 '~데'를 써야 합니다.

> **영업 부진 현상이 발생하는** 경우에는 다음과 같은 방안을 실행하였다.
> → **영업이 부진한** 경우에는 다음과 같은 방안을 실행하였다.

'영업 부진 현상이 발생하는 경우에는'은 어색하게 읽히는 문구입니다. 이를 간결하게 '영업이 부진한 경우에는'으로 고쳐 쓰면 좋겠습니다.

> 이 정책에는 별다른 **반대 의견 제기가 없었다.**
> → 이 정책에는 별다른 **반대 의견이 제기되지 않았다.**

'반대 의견 제기가 없었다.'는 어색하게 읽힙니다. 이를 '이의가 제기되지 않았다.'로 고쳐 쓰면 깔끔하게 읽을 수 있습니다.

나. 띄어쓰기

틀린 표기	바른 표기	틀린 표기	바른 표기
개선방안	개선 방안	생산현장	생산 현장
경제발전	경제 발전	시장규모	시장 규모
관련내용	관련 내용	시장동향	시장 동향
규제 개혁	규제개혁	연간보고서	연간 보고서
그 다음으로는	그다음으로는	연 평균	연평균
그 중	그중	전세계	전 세계
기술격차	기술 격차	정부정책	정부 정책
발전방향	발전 방향	증가추세	증가 추세
사업실적	사업 실적	총 예산	총예산

제2장

기안문·품의서

좋은 친구와 좋은 대화는 덕의 원동력이다.

– 아이작 월튼 –

02 기안문·품의서

가. 맞춤법

000 씨를 영업팀장으로 **초빙하여** 영업을 더욱 강화하고자 함.
→ 000 씨를 영업팀장으로 **영입하여** 영업을 더욱 강화하고자 함.

'초빙(招聘)'의 뜻은 '예를 갖추어 불러 맞아들임.'입니다. 위 문장에서는 '초빙'보다는 '영입'이라는 말이 더 적절한 것으로 보입니다.

7. **스케줄**: 00 장비 설치에서 가동에 이르기까지 약 2개월 소요
→ 7. **소요 기간**: 00 장비 설치에서 가동에 이르기까지 약 2개월 소요

내용상 '스케줄'보다는 '소요 기간'이라는 제목이 더 잘 어울립니다.

4차 산업혁명에 **대응하여** 000위원회를 구성
→ 4차 산업혁명에 **대비하여** 000위원회를 구성

4차 산업혁명에는 질병이나 재해와 같은 부정적인 요소만 내포된 것이 아니기 때문에 '대응'이라는 말은 어울리지 않습니다. 이를 '대비'라는 말로 고쳐 써야 하겠습니다.

3. 목적: 다른 업체들과의 **협력** 역량 **보유**
→ 3. 목적: 다른 업체들과의 **협업** 역량 **확보**

'협력'을 '협업'으로, '보유'를 '확보'로 각각 고쳐 쓰면 뜻이 더욱 명확해집니다.

6. **희망 투입일** → 6. **투입 희망일**

'투입을 희망하는 날짜'를 뜻하므로 '투입 희망일'이 적절합니다.

붙임 **산출내역서** 참고 요망
→ 붙임 **산출명세서** 참고 요망

'내역'은 일본어 투 용어입니다. 국립국어원에서는 이를 '명세'로 다듬었습니다.

붙임 **견적계산서** 참고 요망
→ 붙임 **견적서** 참고 요망

'견적(見積)'의 뜻은 '어떤 일을 하는 데 필요한 비용 따위를 미리 어림잡아 계산함. 또는 그런 계산'이므로 '견적계산서'는 겹말이 됩니다. '견적서'라고 고쳐 써야 합니다.

포스터는 시각적 효과가 매우 **높음.**
→ 포스터는 시각적 효과가 매우 **큼.**

효과는 '크다', '작다'로 표현해야 합니다.

경쟁 업체 동향 분석 보고서는 **정기적으로** 작성될 예정임.
→ 경쟁 업체 동향 분석 보고서는 **분기별로** 작성될 예정임.

'정기적으로'라는 말은 그 뜻이 다소 모호하기에 논리성이나 신뢰성이 떨어집니다. 이러한 문제를 해결하기 위해서는 구체적인 단위 기간이나 숫자를 제시해야 합니다.

기획팀은 A안을 주장했고 마케팅팀은 B안을 **주장했음.**
→ 기획팀은 A안을 주장했고 마케팅팀은 B안을 **제시했음.**

한 문장 안에서 서술어(동사, 형용사)는 다양한 것이 좋습니다. 하나의 단어를 중복해서 쓰면 지루해지기 때문입니다.

타겟 고객층: 30대 직장 여성
→ **타깃** 고객층: 30대 직장 여성

'타겟'은 외래어 표기법에 따라 '타깃'으로 고쳐 써야 합니다.

임대료: 월 500만 원(건물주에게 매월 말일에 지급)
→ **임차료**: 월 500만 원(건물주에게 매월 말일에 지급)

건물의 어느 공간을 빌린 쪽에서 작성하는 내용이므로 '임대료'를 '임차료'로 고쳐 써야 합니다.

대상자: 동일 직급 내의 **제반** 교육 과정을 이수한 자
→ 대상자: 동일 직급 내의 **모든** 교육 과정을 이수한 자

'제반(諸般)'이라는 어려운 한자어를 쓸 필요없이 순 우리말인 '모든'을 쓰면 좋겠습니다.

전시: 사옥 1층 로비 → **전시 장소**: 사옥 1층 로비

'전시' 뒤에 '장소'라는 말을 덧붙여야 하겠습니다.

참여 **인원 수**: 15명 → 참여 **인원**: 15명

'인원'은 '단체를 이루고 있는 사람들. 또는 그 수효'를 뜻하므로 그 뒤에 '수'라는 말을 쓰지 않아야 합니다.

하반기 교육 일정 계획을 **하기와** 확정하고자 합니다.
→ 하반기 교육 일정 계획을 **아래와** 확정하고자 합니다.

'하기(下記)'라는 어려운 한자어를 쓸 필요없이 '아래'라는 말을 쓰면 좋겠습니다.

6. 주요 문제점: 고장 사유가 **불명확함.**
→ 6. 주요 문제점: 고장 사유가 **명확하지 않음.**

우리말로 풀어쓴 '명확하지 않다.'가 더 자연스럽습니다.

담당 인력의 **시기적절한** 교체가 필요할 것으로 보임.
→ 담당 인력의 **시의적절한** 교체가 필요할 것으로 보임.

'그 당시의 사정이나 요구에 아주 알맞음.'이라는 뜻을 가진 '시의적절'을 쓰는 게 맞습니다.

작업 개시일: **2019년 11월 12일**
→ 작업 개시일: **2019. 11. 12.**

연, 월, 일의 글자는 생략하고 그 자리에 온점(.)을 찍어 표시해야 합니다.

금년도에 **새로이 추가된** 요구 사항
→ 금년도에 **추가된** 요구 사항

'추가되다'에 '나중에 더 보태어지다'라는 뜻이 있으므로 굳이 '새로이'를 쓸 필요가 없습니다.

우수 직원에게 100만 원의 포상금을 **수여**했다.
→ 우수 직원에게 100만 원의 포상금을 **지급**했다.

일반적으로 '수여하다'는 '증서, 상장, 훈장' 등을 줄 때 쓰는 말입니다. '포상금을 지급하다'로 표현하면 좋겠습니다.

행사 시작 시각: **오후 3시 30분**
→ 행사 시작 시각: **15:30**

시, 분의 글자는 생략하고 그 사이에 쌍점(:)을 찍어 구분합니다.

학습회가 주 2회 **이루어짐.**
→ 학습회가 주 2회 **진행됨.**

'이루다'의 피동형인 '이루어지다'를 쓰면 우리말다운 느낌이 나지 않는 경우가 많습니다. 위 문장에서는 '이루어짐'을 '진행됨'으로 고쳐 쓰면 바람직하겠습니다.

계획한 **그대로를** 실행하고자 함.
→ 계획한 **그대로** 실행하고자 함.

'그대로'는 '변함없이 그 모양으로'를 뜻하는 부사로, 어떤 격조사도 붙이지 말아야 합니다.

대금 **지급은** 선급금 20%, 시스템 구축 완료 후 **80%로 진행 예정임.**
→ 대금 **지급 조건은** 선급금 20%, 시스템 구축 완료 후 **80%임.**

대금 결제 조건을 명시한 문장입니다. 원 문장은 주술관계가 어색합니다. 따라서 두 번째 문장과 같이 고쳐 주는 게 좋겠습니다.

저렴하지만 **고퀄리티의** 상품을 구매할 예정임.
→ 저렴하지만 **품질이 좋은** 상품을 구매할 예정임.

'고퀄리티'는 한자어(고)+외래어(퀄리티)가 결합된 말로서 어법에 맞지 않습니다. 이를 '품질이 좋은'으로 고쳐 주면 되겠습니다.

교육 대상 인원: 158**명**(과장 98명, 대리 60명)
→ 교육 대상 인원: 158**명**(과장 98명, 대리 60명)

소괄호는 보충적인 내용을 덧붙일 때 씁니다. 규정에 정해진 바는 없으나 문장 부호 규정 용례에 따라 먼저 제시한 내용에 붙여 쓰는 것이 바릅니다.

매 2년마다 점검을 할 예정임.
→ **2년마다** 점검을 할 예정임.

'매'의 뜻은 '하나하나의 모든 또는 각각의'이고, '마다'의 뜻은 '낱낱이 모두'입니다. '매'와 '마다'는 유의어이므로 '매'를 없애 주어야 합니다.

구매 가능성이 낮은 **사용자에 대해서는** 가격을 3만 원으로 낮추고자 함.
→ 구매 가능성이 낮은 **사용자에게는** 가격을 3만 원으로 낮추고자 함.

'사용자에 대해서는'을 '사용자에게는'으로 고치면 간결하고 자연스러운 문장이 됩니다.

양사 간의 합의에 따라 **수행되고 있는** 사업들은 점검 대상에서 제외함.
→ 양사 간의 합의에 따라 **수행되는** 시설물들은 점검 대상에서 제외함.

'있는'을 쓰지 않고 '되는'만으로도 현재형을 나타낼 수 있습니다.

목적: 과장급 이하 직원들의 프레젠테이션 역량 **제고**
→ 목적: 과장급 이하 직원들의 프레젠테이션 역량 **강화**

'제고(提高)'의 뜻은 '쳐들어 높임.'이고 '강화(强化)'의 뜻은 '수준이나 정도를 더 높임.'입니다. '역량'이라는 말에는 '강화'가 어울립니다.

내년에는 승진율을 20%대로 **감소시킬** 계획임.
→ 내년에는 승진율을 20%대로 **낮출** 계획임.

'승진율을 감소시키다'보다는 '승진율을 낮추다'라는 표현이 더 우리말답습니다.

임금의 **적절한** 배분 → 임금의 **적정한** 배분

'적절하다'는 '꼭 알맞다'를 의미하고, '적정하다'는 '정도가 알맞고 바르다.'를 뜻합니다. 따라서 '적정한'을 쓰는 게 맞습니다.

각 부서에 대한 평가 항목에는 아래의 것들이 포함될 예정임.
– 이직**률,**
– 사내 교육 이수**율,**
– 정성적 목표 달성률
→ – 이직**률**
– 사내 교육 이수**율**
– 정성적 목표 달성률

줄표(-)를 사용했기 때문에 쉼표(,)를 쓸 필요가 없습니다.

매월 **첫 번째** 월요일에 고객 서비스 교육을 진행할 예정임.
→ 매월 **첫째** 월요일에 고객 서비스 교육을 진행할 예정임.

요일처럼 반복되는 것이 아니라 단순한 순서이므로 '번째'가 아닌 '째'를 써야 합니다.

확인 대상: **3항목**(——, 000, ***)
→ 확인 대상: **3개 항목**(——, 000, ***)

'3개 항목'으로 쓰는 것이 바른 표현입니다.

이 제도의 세부 내용은 직원들에게 **여러 차례에** 걸쳐 설명할 예정임.
→ 이 제도의 세부 내용은 직원들에게 **두 차례에** 걸쳐 설명할 예정임.

'여러 차례'는 모호한 말이므로 내용이 명확해야 되는 품의서에는 어울리지 않습니다. 구체적인 수치를 명기하여야 합니다.

참가한 직원들이 연수를 통해 더욱 많은 것을 **보고 관찰하면** 담당 직무에 대한 안목이 좀 더 높아질 것으로 기대됨.
→ 참가한 직원들이 연수를 통해 더욱 많은 것을 **보고 느끼면** 담당 직무에 대한 안목이 좀 더 높아질 것으로 기대됨.

'관찰(觀察)'은 '자세히 살펴봄.'을 뜻합니다. '보다'에도 '살피다'라는 뜻이 있으므로 '보고 관찰하면'은 겹말 표현이 됩니다. 이를 '보고 느끼면'으로 바꾸어 주어야 하겠습니다.

평가 항목으로는 **매출액 증가율 등이** 있음.
→ 평가 항목으로는 **매출액 증가율, 영업이익률, 이직률이** 있음.

'~등'이라는 말이 들어가면 의미가 명확한 문장이 되기 어렵습니다. 구체적인 항목들을 기입하는 것이 좋겠습니다.

구매 사유: 2년 정도 사용해 온, **절쇄기** 파손
→ 구매 사유: 2년 정도 사용해 온, **OO테크노 절쇄기** 파손

브랜드 이름이 기입되면 내용이 더 명확해질 수 있습니다.

서비스 점수를 **총합산하여** 1위를 선정
→ 서비스 점수를 **모두 합산하여** 1위를 선정

'총합산하여'를 '모두 합산하여'로 바꾸어 주면 부드럽게 읽을 수 있는 문장이 됩니다.

교육 대상자에게 **30분 휴식 시간**
→ 교육 대상자에게 **휴식 시간 30분 부여**

'30분 휴식 시간'을 '휴식 시간 30분 부여'로 바꾸면 의미를 명확하게 전달할 수 있는 한편, 자연스럽게 읽을 수 있습니다.

어두운 곳에는 **조명을** 비치할 예정임.
→ 어두운 곳에는 **조명 기구를** 비치할 예정임.

내용상 '조명 기구'라고 쓰는 게 좋겠습니다.

2. 개선 배경: 낙후된 고객관리 시스템 때문에 **고객들에게 큰 불편함이 있음.**
→ 2. 개선 배경: 낙후된 고객관리 시스템 때문에 **고객들이 큰 불편을 겪고 있음.**

'고객들에게 큰 불편함이 있음.'은 어색한 표현입니다. 이를 '고객들이 큰 불편을 겪고 있음.'이라고 바꾸어 주는 게 좋겠습니다.

1. 추진 목적: 팀장과 팀원들 간에 업무에 대해 **서로 상의할** 수 있는 시간을 늘리고자 함.
→ 1. 추진 목적: 팀장과 팀원들 간에 업무에 대해 **상의할** 수 있는 시간을 늘리고자 함.

'상의(相議)'는 '어떤 일을 서로 의논함.'을 뜻합니다. '서로 상의할'은 겹말 표현입니다. '서로'를 없애 주어야 합니다.

1. 개선 배경: 이벤트 기간에 할인되는 금액이 2만 원 정도여서 **고객들의 체감이 크지 않음.**
→ 1. 개선 배경: 이벤트 기간에 할인되는 금액이 2만 원 정도여서 **고객들이 크게 체감하지 못하고 있음.**

'고객들의 체감이 크지 않음.'은 적절하지 않은 표현입니다. 이를 '고객들이 크게 체감하지 못하고 있음.'으로 고쳐 쓰면 되겠습니다.

현행 문제점: 산적한 업무의 수행에 따른 직원들의 피로도 **증가로** 인해 업무 집중도가 저하되고 있음.
→ 현행 문제점: 산적한 업무의 수행에 따른 직원들의 피로도 **상승으로** 인해 업무 집중도가 저하되고 있음.

피로도에 어울리는 말은 '상승'입니다.

총예산: **9000000**원 → 총예산: **9,000,000**원

일반적으로 쉼표(,)를 써 주는 것이 눈에 잘 띌뿐더러 단위를 이해하기에 쉽습니다.

월간 결산에 소요되는 시간을 **단축시킨다.**
→ 월간 결산에 소요되는 시간을 **단축**

'단축시킨다'를 명사인 '단축'으로 바꿔 쓰는 것이 좋겠습니다.

결제 조건: **익월** 말일에 100% 지급
→ 결제 조건: **다음 달** 말일에 100% 지급

어려운 한자어인 '익월' 대신에 '다음 달'이라는 말을 쓰면 좋겠습니다.

명확한 방향성 정립이 되어 있지 않음.
→ **방향성이 명확하게 정립되어** 있지 않음.

고친 문장이 훨씬 더 간결하고 자연스럽게 읽힙니다.

지방 **지점에서의 참가자에게는** 연수센터 내의 숙박 시설을 제공할 예정임.
→ 지방 **지점 소속의 참가자에게는** 연수센터 내의 숙박 시설을 제공할 예정임.

'지점에서의 참가자에게는'은 어법에 맞지 않는 표현이므로 '지점 소속의 참가자에게는'으로 고쳐 써야 하겠습니다.

실시간 현황 점검이 어려웠음.
→ **실시간으로 현황을 점검하는 것이** 어려웠음.

원 문장은 명사 3개가 나열되다 보니 가독성이 떨어집니다. 두 번째 문장과 같이 고쳐 쓰면 훨씬 자연스럽게 읽을 수 있습니다.

000 시스템의 구축·운영을 통해 **비용 절감이 가능할** 수 있음.
→ 000 시스템의 구축·운영을 통해 **비용을 줄일** 수 있음.

원 문장은 '가능할'이라는 덧말이 붙어서 늘어졌습니다. '비용 절감이 가능할'을 '비용을 줄일'로 고쳐 쓰면 좋겠습니다.

2020년 1월 이후 **신설 및 통합** 부서를 추가
→ 2020년 1월 이후 **신설되거나 통합된** 부서를 추가

'신설'과 '통합'의 뒤에 적절한 서술어를 넣어 주면 매끄러운 문장이 됩니다.

직원 **역량 강화를** 위한 **인프라** 구축
→ 직원 **역량을 키우기** 위한 **기반** 구축

굳이 한자말이나 외래어를 쓸 필요 없이 순 우리말을 쓰면 이해하기 쉽습니다.

고객 만족도의 **조사분석**
→ 고객 만족도의 **조사·분석**

같은 계열의 낱어 사이에는 가운뎃점(·)을 써야 합니다.

매스컴 관계자는 1부 행사에 초대할 예정임.
→ **대중 언론** 관계자는 1부 행사에 초대할 예정임.

'매스컴'을 순화된 말인 '대중 언론'으로 고쳐 쓰는 게 좋겠습니다.

3월 이후 본격적인 마케팅 활동에 **돌입할** 예정임.
→ 3월 이후 본격적인 마케팅 활동에 **들어갈** 예정임.

'돌입(돌입)'의 뜻은 '세찬 기세로 갑자기 뛰어듦.'입니다. 따라서 긴박감이 느껴지는 문장에 사용해야 하는데 위 문장은 그렇지 않습니다. 따라서 '돌입할'을 '들어갈'로 고쳐 써야 합니다.

원가 조사 전문 기관을 통해 **제작비 조정을 통한 최종 지원금** 확정
→ 원가 조사 전문 기관을 통해 **제작비를 조정한 후 지원금을 최종** 확정

'통해'와 '통한'이 한 문장 안에 들어가 있음으로써 문장이 전반적으로 매끄럽지 않습니다. '제작비 조정을 통한 최종 지원금 확정'을 '제작비를 조정한 후 지원금을 최종 확정'으로 고쳐 쓰면 되겠습니다.

협력 **업체** 기술 지원으로 고객 불만을 해소하고자 함.
→ 협력 **업체의** 기술 지원으로 고객 불만을 해소하고자 함.

'업체' 뒤에 조사 '의'를 넣으면 자연스러운 문장이 됩니다.

리더십을 실현할 수 있도록 **부서장 솔선수범**
→ 리더십을 실현할 수 있도록 **부서장이 솔선수범해야 함.**

뒷부분에 명사 2개가 나열되어 있다 보니 가독성이 떨어집니다.

‘부서장 솔선수범’을 ‘부서장이 솔선수범해야 함.’으로 고쳐 쓰면 되겠습니다.

교육 목적: 직장인으로서 갖추어야 할 **매너**가 무엇인지를 확실하게 인식시키고자 함.
→ 교육 목적: 직장인으로서 갖추어야 할 **태도**가 무엇인지를 확실하게 인식시키고자 함.

외래어인 ‘매너’ 대신 ‘태도’를 쓰는 게 바람직하겠습니다.

직무 태만자와 금품 **수수**도 감사 대상임.
→ 직무 태만자와 금품 **수수자**도 감사 대상임.

‘태만자’와 ‘수수’가 ‘감사 대상’과 연결된 문장입니다. ‘태만자’는 사람인데 ‘수수’는 행위입니다. 연결되는 어휘들의 의미의 층위가 같아야 자연스러운 문장이 될 수 있습니다. ‘수수’를 ‘수수자’로 고쳐 써야 하겠습니다.

목적: 임직원들이 직무와 관련된 서적들을 더욱 쉽고 자연스럽게 **접할** 수 있도록 하기 위함.
→ 목적: 임직원들이 직무와 관련된 서적들을 더욱 쉽고 자연스럽게 **읽을** 수 있도록 하기 위함.

‘접하다’는 추상적인 말이므로 좀 더 구체적인 말인 ‘읽다’로 바꾸어 쓰는 게 바람직하겠습니다.

실적이 부진한 영업사원은 **사유서 제출 또는** 별도의 역량 강화 교육을 받게 됨.
→ 실적이 부진한 영업사원은 **사유서를 제출하거나** 별도의 역량 강화 교육을 받게 됨.

'사유서 제출 또는 별도의 역량 강화 교육을 받게 됨.'은 어색하게 접속된 구문입니다. 따라서 '사유서 제출 또는'을 '사유서를 제출하거나'로 고쳐서 뒤에 나오는 '역량 강화 교육을 받게 됨.'과 대등하게 이어지도록 해야 합니다.

000 홈페이지에 **로그인**한 후 해당 내용을 확인할 수 있음.
→ 000 홈페이지에 **접속**한 후 해당 내용을 확인할 수 있음.

외래어는 될 수 있으면 다듬은 우리말로 고쳐 쓰는 게 바람직합니다.

문제점과 향후 개선 방안을 **회사로** 보고할 예정임.
→ 문제점과 향후 개선 방안을 **회사에** 보고할 예정임.

'회사'가 동작의 도달점이라는 것을 명확하게 알 수 있으므로 조사 '에'를 써야 합니다.

구매 서적: **경영이란 무엇인가**(조안 마그레타 저)
→ 구매 서적: **『경영이란 무엇인가』**(조안 마그레타 저)

책의 제목에는 겹낫표(『 』)나 겹화살괄호(《 》)를 씁니다.

표창장 수여 사유: 000 프로젝트를 성공적으로 **마무리함으로써 이에** 회사의 발전에 기여한 바가 큼.
→ 표창장 수여 사유: 000 프로젝트를 성공적으로 **마무리함으로써** 회사의 발전에 기여한 바가 큼.

문장에서는 될 수 있는 한 지시어를 쓰지 않은 것이 바람직합니다. 따라서 '이에'를 없애 주면 좋겠습니다.

TFT 구성 **내용**: 과장 2명, 대리 3명
→ TFT 구성 **인원**: 과장 2명, 대리 3명

사람 수를 나타냈으므로 '구성 인원'이 더 적절한 말입니다.

이 **교재는** 00 기법에 대한 상세한 **설명을 담고** 있음.
→ 이 **교재에는** 00 기법에 대한 상세한 **설명이 담겨져** 있음.

우리말에서는 사물 주어를 사용하지 않는 것이 일반적입니다. 두 번째 문장과 같이 사물 주어('교재는')를 부사어('교재에는')로 고치는 게 바람직합니다.

정원 수는 강의장**별로 상이함.** → **정원은** 강의장**마다 서로 다름.**

'정원(定員)'의 뜻은 '일정한 규정에 의하여 정한 인원'이며 이 말에 이미 숫자의 의미가 포함되어 있으므로 '정원 수'에서 '수'를 삭제해야 하겠습니다. 한자어가 들어간 '별로'와 '상이함.'을 순 우리말인 '마다', '서로 다름.'으로 각각 고쳐 쓰는 것이 더 우리말답습니다.

목적: 과장급 이하 직원들의 **숨어 있는 잠재 능력을** 적극적으로 키우고자 함.
→ 목적: 과장급 이하 직원들의 **잠재 능력**을 적극적으로 키우고자 함.

'잠재(潛在)'의 뜻은 '겉으로 드러나지 않고 속에 잠겨 있거나 숨어 있음.'입니다. 따라서 '잠재 능력'은 겹말이 됩니다. '숨어 있는'을 삭제해야 하겠습니다.

나. 띄어쓰기

틀린 표기	바른 표기	틀린 표기	바른 표기
검토후	검토 후	기한내	기한 내
결제조건	결제 조건	담당부서	담당 부서
관련근거	관련 근거	문서번호	문서 번호
교육대상	교육 대상	산출근거	산출 근거
교육프로그램	교육 프로그램	적용시기	적용 시기
교육훈련	교육 훈련	점검항목	점검 항목
구입단가	구입 단가	참가인원	참가 인원
구입목적	구입 목적	출장기간	출장 기간
기안부서	기안 부서	3백만원	3백만 원

제3장

공문·공지문

조금 아는 사람은 말을 많이 하지만 많이 아는 사람은 말을 적게 한다.

– 루소 –

03 공문·공지문

가. 맞춤법

교육을 마친 후 한 해를 계획하고 준비하는 월례회를 **가지고자** 합니다.
→ 교육을 마친 후 한 해를 계획하고 준비하는 월례회를 **열고자** 합니다.

'(행사, 회의를) 가지다'는 영어 번역 투이므로 우리말다움을 방해합니다. 따라서 '가지고자'를 '열고자'로 바꾸어 쓰면 좋겠습니다.

붙임: 원본 제출 확인서 1부. **끝**
→ 붙임: 원본 제출 확인서 1부. **끝.**

'끝' 뒤에 마침표(.)를 찍어야 합니다.

귀사는 지난 2019년 8월 23일에 우리 회사와 체결한 OO 계약에 따라 **프로젝트를 **수행함에 있어** 발생하는 서비스 비용을 부담하여야 합니다.
→ 귀사는 지난 2019년 8월 23일에 우리 회사와 체결한 OO 계약에 따라 **프로젝트를 **수행할 때** 발생하는 서비스 비용을 부담하여야 합니다.

일본어 번역 투가 포함된 '수행함에 있어'를 '수행할 때'로 고쳐 쓰는 게 적절합니다.

붙임 서류를 첨부하여 신청서를 제출합니다.
→ **서류를** 첨부하여 신청서를 제출합니다.

'붙임'과 '첨부'는 동일한 용어이니 앞의 '붙임'을 없애 주는 게 좋겠습니다.

당사의 신제품 출시와 관련하여 아래와 같이 질의하오니 각 부서에서는 **조속히** 회신하여 주시기 바랍니다.
→ 당사의 신제품 출시와 관련하여 아래와 같이 질의하오니 각 부서에서는 **빨리** 회신하여 주시기 바랍니다.

어려운 한자어인 '조속히'보다는 쉬운 우리말인 '빨리'를 쓰는 게 좋겠습니다.

귀사는 00 회의에 **불참한 관계로** 붙임과 같이 회의록을 보내 드립니다.
→ 귀사는 00 회의에 **불참하였으므로** 붙임과 같이 회의록을 보내 드립니다.

'불참한 관계로'보다는 '불참하였으므로'가 더 자연스러운 말입니다.

문서 번호: 000 **제 2019-002**
→ 문서 번호: 000 **제2019-002**

'제(第)'는 접두사이므로 뒤에 나오는 숫자와 붙여 써야 합니다.

이에 대한 방안을 수립하였으니 **검토 요망합니다.**
→ 이에 대한 방안을 수립하였으니 **검토해 주시기 바랍니다.**

'요망'보다는 '바라다'가 더 쉬운 말입니다.

11. 12.(월)에 개최될 협력 업체 **간담회 관련,** 관리팀에서는 안건 자료를 사전에 배포할 예정입니다.
→ 11. 12.(월)에 개최될 협력 업체 **간담회와 관련하여,** 관리팀에서는 안건 자료를 사전에 배포할 예정입니다.

적절한 조사와 어미를 쓰면 문장을 자연스럽게 읽을 수 있습니다.

관련 근거: 산업집적 활성화 및 공장 설립에 관한 법률 시행령 제10조
→ 관련 근거: **「**산업집적 활성화 및 공장 설립에 관한 법률**」** 시행령 제10조

법률명은 홑낫표(「 」) 또는 작은따옴표(' ')로 묶어야 합니다.

아래와 같은 사항을 **인지하신 후, 관련 자료 접수 후** 3일 이내에 회신해 주시기 바랍니다.
→ 아래와 같은 사항을 **인지하고 관련 자료를 접수하신 뒤** 3일 이내에 회신해 주시기 바랍니다.

'후'가 연이어 나타나 자연스럽게 읽히지 않습니다. '인지하신 후, 관련 자료 접수 후'를 '인지하고 관련 자료를 접수하신 뒤'로 고쳐 쓰면 되겠습니다.

[제출 방법]
첨부된 양식에 **맞춰 이메일 제출**
→ 첨부된 양식에 **맞춰 작성한 후 이메일로 제출**

의미를 명확하게 전달하는 데 다소 미흡한 문구입니다. '맞춰 이메일 제출'을 '맞춰 작성한 후 이메일로 제출'로 고쳐 쓰면 되겠습니다.

서명 전에 계약서 내용을 마지막으로 꼼꼼히 확인하여야 한다.
→ **서명하기 전에** 계약서 내용을 마지막으로 꼼꼼히 확인하여야 한다.

'서명 전에'를 '서명하기 전에'로 풀어 쓰면 문장이 한결 매끄러워집니다.

동 건에 대한 자료를 첨부하였으니 검토하시기 바랍니다.
→ **이** 건에 대한 자료를 첨부하였으니 검토하시기 바랍니다.

'동'이라는 한자말 대신에 순 우리말 '이'를 쓰면 더 쉽게 이해할 수 있습니다.

우리 회사의 **망년회** 일정을 아래와 같이 알려 드립니다.
→ 우리 회사의 **송년회** 일정을 아래와 같이 알려 드립니다.

'망년회(忘年會)'는 일본식 한자어로, 연말에 한 해를 보내며 그간의 괴로움을 잊자는 의미로 많이 쓰이고 있습니다. 이를 '송년회(送年會)'로 고쳐 쓰는 것이 좋겠습니다.

서식이 있는 **규정 일체 개정 완료 후, 개정 전문 송부를 요망드립니다.**
→ 서식이 있는 **규정 모두를 개정한 후 개정 전문을 보내 주시기 바랍니다.**

어려운 한자어를 피하고 이해하기 쉬운 말로 표현해야 합니다.

사업 설명회를 아래와 같이 **개최하기에 초청하오니** 참석 가능 여부를 10. 15.까지 통보해 주시기 바랍니다.
→ 사업 설명회를 아래와 같이 **개최하오니** 참석 가능 여부를 10. 15.까지 통보해 주시기 바랍니다.

문장을 장황하게 쓰지 않고 간결하게 표현해야 합니다.

각 팀에서는 분기 업무 계획서의 제출 기한을 넘기지 않도록 **해** 주십시오.
→ 각 팀에서는 분기 업무 계획서의 제출 기한을 넘기지 않도록 **유의해** 주십시오.

의미상 '넘기지 않도록 유의해 주십시오.'라고 쓰는 것이 더 적절하겠습니다.

저소득층의 경제적 부담을 **절감**하기 위해 입장료는 받지 않습니다.
→ 저소득층의 경제적 부담을 **경감**하기 위해 입장료는 수수료는 받지 않습니다.

'절감(節減)'은 '아끼어 줄임.'을 뜻하므로 '경제적 부담을 절감한다'는 적절하지 않은 표현입니다. '절감'을 '경감'으로 바꾸어 써야 하겠습니다.

팀별 **성과를** 작성한 후 해당 본부 내에 공유해 주시기 바랍니다.
→ 팀별 **성과 자료를** 작성한 후 해당 본부 내에 공유해 주시기 바랍니다.

'성과를 작성한 후'는 어색하게 읽힙니다. 이를 '성과 자료를 작성한 후'로 고쳐 쓰면 좋겠습니다.

각 부서장께서는 소속 부서원들의 **근태관리에 철저를 기하여** 주시기 바랍니다.
→ 각 부서장께서는 소속 부서원들의 **근태를 철저하게 관리해** 주시기 바랍니다.

어렵고 상투적인 한자 표현을 피하고 쉬운 표현을 쓰는 게 바람직합니다.

2020년 상반기 임원 워크샵이 3. 28.–3. 29.에 진행될 예정입니다.
→ 2020년 상반기 임원 워크샵이 3. 28.~3. 29.에 진행될 예정입니다.

기간을 나타낼 때는 물결표(~)를 쓰는 것이 원칙입니다.

현재 기획조정팀에서 **정확한 매출 감소 요인을** 분석하고 있습니다.
→ 현재 기획조정팀에서 **매출이 감소된 요인을 정확하게** 분석하고 있습니다.

관형어(정확한)+목적어(요인을)이면 어법에 맞지 않는 구조가 되므로 목적어(요인을)+부사어(정확하게)로 바꿔야 하겠습니다.

교육 미이수자는 **승진 심사 제외 또는** 경고를 받게 됩니다.
→ 교육 미이수자는 **승진 심사에서 제외되거나** 경고를 받게 됩니다.

'승진 심사 제외 또는 경고를 받게 됩니다.'는 어색하게 접속된 구문입니다. '승진 심사 제외 또는'을 '승진 심사에서 제외되거나'로 고쳐 주어야 합니다.

각 부서는 11. 9.(금)까지 **기일을 엄수하여** 20**년 사업 계획서를 제출해 주시기 바랍니다.
→ 각 부서는 11. 9.(금)까지 **날짜를 지켜** 20**년 사업 계획서를 제출해 주시기 바랍니다.

될 수 있으면 어려운 한자어를 피하고 쉬운 말을 쓰는 게 좋겠습니다.

평소 바쁘신데도 온실가스 감축과 에너지 절감에 동참하여 **주심을** 진심으로 감사드립니다.
→ 평소 바쁘신데도 온실가스 감축과 에너지 절감에 동참하여 **주셔서** 진심으로 감사드립니다.

원 문장의 '동참하여 주심을 진심으로 감사드립니다.'라는 표현은 문맥상 어색합니다. 이를 '동참하여 주셔서 진심으로 감사드립니다.'라고 쓰는 것이 적절합니다.

자세한 내용은 붙임 자료를 **참조**해 주시기 바랍니다.
→ 자세한 내용은 붙임 자료를 **참고**해 주시기 바랍니다.

'참조(參照)'는 '참고로 비교하고 대조하여 봄.'을 뜻하고, '참고(參考)'는 '살펴서 도움이 될 만한 재료로 삼음.'입니다. 내용상 '참고'를 써야 합니다.

이달 30일에 직원고충상담센터를 **오픈**하려고 합니다.
→ 이달 30일에 직원고충상담센터를 **개설**하려고 합니다.

외래어인 '오픈'보다는 한자어인 '개설'을 쓰는 것이 좋습니다.

플랜트사업본부의 임원들께서는 00 프로젝트의 **경과 보고**에 빠짐없이 참석해 주시기 바랍니다.
→ 플랜트사업본부의 임원들께서는 00 프로젝트의 **경과 보고회**에 빠짐없이 참석해 주시기 바랍니다.

'참석(參席)'은 '모임이나 회의 따위의 자리에 참여함.'을 뜻합니다. 따라서 '경과 보고'가 아닌 '경과 보고회'에 참석한다라고 해야 올바른 문장이 됩니다.

행사 관련 내용**(**목표, 장소, 개최일(7. 15.), 예산, 주요 프로그램 등**)**을 7월 1일까지 통보해 주시기 바랍니다.
→ 행사 관련 내용**[**목표, 장소, 개최일(7. 15.), 예산, 주요 프로그램 등**]**을 7월 1일까지 통보해 주시기 바랍니다.

소괄호 안에 또 소괄호가 있을 때는 바깥에 대괄호([ ])를 써야 합니다.

붙임: 교육 대상자 명단 1부. 끝.
→ **붙임** 교육 대상자 명단 1부. 끝.

행정안전부의 공문서 작성 규정에는 '붙임' 뒤에 한 칸을 띄어 쓸 뿐, 쌍점(:)을 붙이지는 않는다고 되어 있습니다.

문의접수: xyz@***.co.kr → **문의·접수**: xyz@***.co.kr

문의, 접수는 각각의 단어이므로 두 단어의 중간에 가운뎃점(·)을 찍어야 합니다.

현재 회사를 정리하는 **수순을** 밟고 있습니다.
→ 현재 회사를 정리하는 **절차를** 밟고 있습니다.

'수순(手順)'은 일본식 한자어입니다. 위 문장에 어울리는 말인 '절차'로 고쳐 쓰면 좋겠습니다.

3월달 수강료를 받지 않기로 하였습니다.
→ **3월** 수강료를 받지 않기로 하였습니다.

'월'과 '달'은 뜻이 같은 말이므로 '월'만 쓰는 게 맞습니다.

000 프로젝트의 문제점을 파악하고 **성공적인 마무리를** 위해 워크샵을 개최하기로 했습니다.
→ 000 프로젝트의 문제점을 파악하고 **성공적으로 마무리하기** 위해 워크샵을 개최하기로 했습니다.

'파악하고'와 '성공적인 마무리를 위해'가 호응하지 않습니다. '성공적인 마무리를 위해'를 '성공적으로 마무리하기 위해'로 바꾸면 되겠습니다.

T전사 공동 목표를 실현하기 위하여 전 직원에게 실행 전략의 **내용이 통보될** 예정입니다.
→ 전사 공동 목표를 실현하기 위하여 전 직원에게 실행 전략의 **내용을 통보할** 예정입니다.

'내용을 통보할'과 같이 능동형 표현을 써야 문장이 우리말답고 힘이 있다는 느낌을 줄 수 있습니다.

제출하셔야 할 **증빙서류**는 다음과 같습니다.
→ 제출하셔야 할 **증명서류**는 다음과 같습니다.

법제처에서 발간한 「알기 쉬운 법령 정비 기준」에 따라 '증빙서류'를 '증명서류'로 고쳐 쓰는 게 바람직합니다.

이와 관련하여, 귀사의 명확한 **입장을** 3. 13.(화)까지 서면으로 밝혀 주시기 바랍니다.
→ 이와 관련하여, 귀사의 명확한 **의사를** 3. 13.(화)까지 서면으로 밝혀 주시기 바랍니다.

'입장(立場)'은 일본식 한자어입니다. 문맥상 이를 '의사'로 고쳐 쓰는 게 바람직하겠습니다.

귀사가 **일익** 번창하시기를 기원합니다.
→ 귀사가 **나날이 더욱** 번창하시기를 기원합니다.

'일익(日益)'은 어려운 한자어입니다. 이를 순 우리말인 '나날이 더욱'으로 고쳐 쓰면 좋겠습니다.

근태규정에 위반되는 행동은 **삼가해** 주시기 바랍니다.
→ 근태규정에 위반되는 행동은 **삼가** 주시기 바랍니다.

동사 원형이 '삼가다'이기 때문에 '삼가해'를 '삼가'로 고쳐 써야 합니다.

나. 띄어쓰기

틀린 표기	바른 표기	틀린 표기	바른 표기
귀 사	귀사	준비사항	준비 사항
문서번호	문서 번호	참가안내	참가 안내
발령일자	발령 일자	참고바람.	참고 바람.
붙임양식	붙임 양식	~하는 바	~하는바
요청 드립니다.	요청드립니다.	회신요망	회신 요망
요청사항	요청 사항	회의안건	회의 안건
작성일자	작성 일자	12월 2일자로	12월 2일 자로

제4장

보도 자료

스스로에 대한 자신감이 있어야 다른 사람을 자신감 있게 대할 수 있다.

– 라 로슈푸코 –

04 보도 자료

가. 맞춤법

00청(**김00 청장**)은 오는 3일부터 *** 제도를 본격적으로 시행한다고 말했다.
→ 00청(**청장 김00**)은 오는 3일부터 *** 제도를 본격적으로 시행한다고 말했다.

상대를 직접 부를 때는 직함을 뒤에 써야 하지만, 소개할 때는 앞에 써야 합니다.

이 행사는 페이스북을 통해서도 생중계로 **만나볼 수** 있다.
→ 이 행사는 페이스북을 통해서도 생중계로 **시청할 수** 있다.

'만나다'의 의미는 다음과 같습니다.

❶ 선이나 길, 강 따위가 서로 마주 닿다.

❷ 누군가 가거나 와서 둘이 서로 마주 보다.

따라서 위 문장에서 '만나볼 수'는 적절하지 않습니다. 이를 '시청할 수'로 바꾸는 것이 좋겠습니다.

수도권 지역에서는 12월 1일까지 받아볼 수 있다.
→ **수도권에서는** 12월 1일까지 받아볼 수 있다.

수도권(首都圈)의 '권(圈)'은 '범위' 또는 '그 범위에 속하는 지역'의 뜻을 더하는 말입니다. 따라서 그 뒤에 '지역'을 쓸 필요가 없습니다.

앞으로 공동체 간의 연계망 구축과 마을별 사업 개발을 **실시**할 예정이다.
→ 앞으로 공동체 간의 연계망 구축과 마을별 사업 개발을 **시행**할 예정이다.

'실시(實施)'는 일본식 한자어입니다. 이를 '시행'으로 고쳐 쓰면 좋겠습니다.

이런 **과정 속에서** 신규 마을기업 15개를 선정하여 총 10억 원을 지원할 예정이다.
→ 이런 **과정에서** 신규 마을기업 15개를 선정하여 총 10억 원을 지원할 예정이다.

굳이 '속'을 붙이지 않아도 의미가 통하므로 '이런 과정에서'로 쓰면 되겠습니다.

피해 기업이 경영 애로나 **법률 상담을** 받을 수 있도록 '코로나19 전담 창구'도 운영한다.
→ 피해 기업이 경영 애로나 **법률에 대한 상담을** 받을 수 있도록 '코로나19 전담 창구'도 운영한다.

'경영애로'와 '받을 수 있도록'은 잘 호응되지 않습니다. '경영 애로나 법률 상담을 받을 수 있도록'을 '경영 애로나 법률 상담에 대한 상담을 받을 수 있도록'으로 고쳐 쓰면 자연스러운 문장이 됩니다.

박00 사장은 "각 부서의 아이디어와 개선 의지가 실제 업무 개선으로 이어질 수 있도록 지원하는 것이 중요하다."**며** 개선에 대한 적극적인 지원을 강조했다.
→ 박00 사장은 "각 부서의 아이디어와 개선 의지가 실제 업무 개선으로 이어질 수 있도록 지원하는 것이 중요하다."**라며** 개선에 대한 적극적인 지원을 강조했다.

원 문장에서는 큰따옴표(" ")를 써서 직접 인용을 했기에 직접 인용격조사인 '라며'를 쓰는 것이 바릅니다.

자체 진단 시스템은 이 제품**만의** 기술입니다.
→ 자체 진단 시스템은 이 제품**만이 가지고 있는** 기술입니다.

두 번째 문장이 의미를 더 효과적으로 나타냅니다.

이날 현장 **방문은** 총 10명이 참여했다.
→ 이날 현장 **방문에는** 총 10명이 참여했다.

'현장 방문은 총 10명이 참여했다.'는 매끄럽지 못한 표현입니다. '현장 방문은'을 '현장 방문에는'으로 바꾸면 되겠습니다.

해당 학생들은 **완전 무료로** 교육 프로그램을 수강할 수 있다.
→ 해당 학생들은 **무료로** 교육 프로그램을 수강할 수 있다.

'완전 무료로'보다는 '무료로'라고 쓰는 것이 훨씬 자연스럽습니다.

00 산업은 최근 3년간 매년 60~70%의 **성장**을 보였다.
→ 00 산업은 최근 3년간 매년 60~70%의 **성장률**을 보였다.

'60~70%'라는 말이 있으므로 '성장' 대신 '성장률'이라고 쓰는 것이 좋겠습니다.

㈜00는 시스템 경영을 **통한 의식 변화의 모습 및 생산성의 증진 효과 분석을 진행할** 예정이다.
→ ㈜00는 시스템 경영을 **통해 의식이 변화되는 모습과 생산성의 증진 효과를 분석할** 예정이다.

서로 대등하지 않은 요소가 '및'으로 연결되어 있어 문법적으로 올바르지 않습니다. 두 번째 문장과 같이 고쳐 주면 되겠습니다.

이번에 00 코스가 개설됨으로써 **둘레길의 총 연장은 121**킬로미터**가 되었다.
→ 이번에 00 코스가 개설됨으로써 **둘레길의 총 연장은 121**km**가 되었다.

아라비아 숫자와 킬로미터 같은 단위를 함께 쓸 때는 기호 'km'를 쓰는 것이 적절합니다.

이날 행사에는 천여 명의 시민이 참가하여 **인산인해를** 이루었다.
→ 이날 행사에는 천여 명의 시민이 참가하여 **성황을** 이루었다.

'인산인해(人山人海)'는 '사람이 산을 이루고 바다를 이루었다.'라는 뜻으로, 사람이 수없이 많이 모인 상태를 이르는 말'입니다. 천여 명이 모인 것을 두고 '인산인해를 이루었다'라고 표현하기에는 무리가 있으므로 '성황을 이루었다'로 고쳐 쓰는 게 적절합니다.

> 학생들은 선배 졸업생과 **1 대 1 멘토링** 시간을 **가졌다.**
> → 학생들은 선배 졸업생과 **1 대 1로 멘토링하는** 시간을 **보냈다.**

'1 대 1 멘토링 시간을 가졌다.'라는 표현은 매끄럽지 않습니다. 적절한 조사와 서술어를 덧붙이는 게 바람직합니다. '시간을 가지다.'는 영어 번역 투이므로 '시간을 가졌다.'를 '시간을 보냈다.'로 고쳐 쓰는 게 좋겠습니다.

> 이 행사에 참가한 사람들은 **1970년대 그때 당시의** 생활상을 회상할 수 있었습니다.
> → 이 행사에 참가한 사람들은 **1970년대의** 생활상을 회상할 수 있었습니다.

'1970년대 그때 당시의'에서 '그때 당시'라는 말을 굳이 쓰지 않아도 뜻이 충분히 통합니다.

> **부는 아울러 00기구의 설립 의지와 양국 간의 교류 계획을 **구체화시키고자** 한다.
> → **부는 아울러 00기구의 설립 의지와 양국 간의 교류 계획을 **구체화하고자** 한다.

'구체화하게 하다'의 의미로 쓴 것이 아니기에 '구체화시키다'와 같이 불필요한 사동 표현을 쓰는 것은 바람직하지 않습니다. 따라서 '구체화하다'를 써서 표현하면 좋겠습니다.

코로나19가 확산되는 **기간 동안에** 피해를 입은 공연 단체에 대한 피해 보전 방안도 강구할 계획이다.
→ 코로나19가 확산되는 **기간에** 피해를 입은 공연 단체에 대한 피해 보전 방안도 강구할 계획이다.

'기간'과 '동안'은 유의어이므로 '기간 동안에'를 '기간에'로 간결하게 고쳐 쓰면 좋겠습니다.

230명 재학생 학부모 초청, 총장과의 대화 및 2019년 주요 성과 발표
→ **재학생 학부모 230명** 초청, 총장과의 대화 **진행** 및 2019년 주요 성과 발표

두 번째 문장과 같이 고쳐 쓰는 게 적절합니다.

한국000은 캠핑장 이용자들에게 캠핑장 이용 안전 **수칙 준수를** 당부했다.
→ 한국000은 캠핑장 이용자들에게 캠핑장 이용 안전 **수칙을 준수할 것을** 당부했다.

'이용 안전 수칙 준수를'은 딱딱한 표현입니다. '이용 안전 수칙을 준수할 것을'이 적절한 표현입니다.

17일에는 '전북 방문의 해'를 기념한 전북 지역의 특별 초청으로 전주로 이동하여 세계소리축제 관람, 전주 한옥마을 스토리 도보여행, 한민족걷기대회 참가 등 다채로운 프로그램을 **경험**할 예정이다.
→ 17일에는 '전북 방문의 해'를 기념한 전북 지역의 특별 초청으로 전주로 이동하여 세계소리축제 관람, 전주 한옥마을 스토리 도보여행, 한민족걷기대회 참가 등 다채로운 프로그램을 **소화**할 예정이다.

'소화(消化)'의 뜻 중의 '하나가 배운 지식이나 기술 따위를 충분히 익혀 자기 것으로 만듦을 비유적으로 이르는 말'입니다. 내용상 이 말을 쓰는 게 적절하겠습니다.

이00 시장은 오는 3월 8일에 관내 직능 단체들의 대표들과 간담회를 **갖고** 여러 가지 의견을 수렴할 예정입니다.
→ 이00 시장은 오는 3월 8일에 관내 직능 단체들의 대표들과 간담회를 **하고** 여러 가지 의견을 수렴할 예정입니다.

'간담회', '모임' 등과 같은 말에는 '가지다'보다는 '하다'가 어울립니다.

강00 사장은 이날 간담회에서 신인사 제도 도입을 비롯한 주요 **이슈**에 대한 적극적인 실행 의지를 강조했다.
→ 강00 사장은 이날 간담회에서 신인사 제도 도입을 비롯한 주요 **쟁점**에 대한 적극적인 실행 의지를 강조했다.

외래어인 '이슈'는 '쟁점'이라는 말로 순화하는 게 바람직하겠습니다.

조OO 원장은 축사에서 "여러분이 합심해서 노력해 온 덕분에 2020년 상반기 내에 **소기의** 목적을 달성할 수 있을 것으로 예상합니다."라고 말했습니다.
→ 조OO 원장은 축사에서 "여러분이 합심해서 노력해 온 덕분에 2020년 상반기 내에 **기대한** 목적을 달성할 수 있을 것으로 예상합니다."라고 말했습니다.

어려운 한자어가 들어가 있는 '소기의'를 '기대한'으로 고쳐 쓰면 이해하기가 훨씬 쉽습니다.

우리 시에서는 노인 계층의 스마트폰 사용 능력을 높이기 위해 기초 교육과정을 **운영 중에** 있습니다.
→ 우리 시에서는 노인 계층의 스마트폰 사용 능력을 높이기 위해 기초 교육과정을 **운영하고** 있습니다.

'~을 ~ 중에 있다.'는 같은 의미인 '~중이다'와 '~고 있다'가 겹쳐 쓰인 표현입니다. 이를 '~을 하고 있다.'로 바꾸는 것이 좋겠습니다.

조OO 시장은 관내 주요 시설의 소독·방역 상황, 비상 대응 체계의 구축 현황 등을 **집중** 점검했습니다.
→ 조OO 시장은 관내 주요 시설의 소독·방역 상황, 비상 대응 체계의 구축 현황 등을 **집중적으로** 점검했습니다.

서술어 '점검하다'를 꾸미기 위해서는 앞에 부사어가 와야 하므로 '집중적으로 점검하다'라고 쓰는 것이 바릅니다.

이러한 첨단 시설이 확보되었기에 전 **세계인들의** 많은 관심을 받을 것으로 보인다.
→ 이러한 첨단 시설이 확보되었기에 전 **세계인들로부터** 많은 관심을 받을 것으로 보인다.

'전 세계인들의'을 '전 세계인으로부터'로 고쳐 쓰면 문장이 매끄러워집니다.

연령대별로는 9세 이하 어린이의 안전사고가 110건(57.0%)으로 가장 많았고, 10대 22건(11.4%), 30대 **19건(9.8%)** 순으로 발생했다.
→ 연령대별로는 9세 이하 어린이의 안전사고가 110건(57.0%)으로 가장 많았고, 10대 22건(11.4%), 30대 **19건(9.8%)의** 순으로 발생했다.

'순'이 의존명사이므로 앞에 관형격조사 '의'가 오는 것이 자연스럽습니다.

00표준원은 제품 안정성 조사를 적절한 시기에 시행하여 제품 안전 정책에 대한 국민의 **신뢰**를 높였다.
→ 00표준원은 제품 안정성 조사를 적절한 시기에 시행하여 제품 안전 정책에 대한 국민의 **신뢰도**를 높였다.

뒤에 '높였다'라는 말이 나오므로 '신뢰(信賴)하는 정도(程度)'라는 뜻을 가진 '신뢰도'를 쓰는 것이 올바릅니다.

다음 공식 일정은 000 ***중앙협의회 사무총장과의 **간담회로** 한반도 평화와 향후 전망이라는 주제로 강연을 진행하고 의견을 **나누는 시간을 가졌다.**
→ 다음 공식 일정은 이 000 ***중앙협의회 사무총장과의 **간담회였다. 이 간담회에서는** 한반도 평화와 향후 전망이라는 주제로 강연을 진행하고 의견을 **나누었다.**

위 문장은 문장이 길고, 중간에 주어가 생략되어 있으므로 의미를 이해하는 것이 쉽지 않습니다. 두 문장으로 나누어 쓰는 것이 바람직하겠습니다.

이 행사에는 기업가, 예술가, 의사, 회계사 등 다양한 **분야의** 청년들이 모여들었다.
→ 이 행사에는 기업가, 예술가, 의사, 회계사 등 다양한 **직업을 가진** 청년들이 모여들었다.

앞에 나열한 명사들이 모두 직업군이므로 '직업'이라는 말이 더 적절해 보입니다. '다양한 직업을 가진 청년들'로 쓰는 것이 좋겠습니다.

이00 장관은 적극적인 지원 정책을 **펴겠다고 밝히고** 앞으로 전문 인력도 투입하겠다고 말했습니다.
→ 이00 장관은 적극적인 지원 정책을 **펴겠다며** 앞으로 전문 인력도 투입하겠다고 말했습니다.

원 문장에서는 인용동사가 중복되어 쓰였습니다. '밝히다'와 '말했다' 중에서 하나만 써야 하겠습니다.

본 행사가 끝난 후에는 **갈라쇼가** 진행되었다.
→ 본 행사가 끝난 후에는 **뒤풀이공연이** 진행되었다.

국립국어원에서는 '갈라쇼'를 '뒤풀이공연'으로 순화한바 있습니다.

김00 이사장은 ㈜000의 대표이사를 **역임했다.**
→ 김00 이사장은 ㈜000의 대표이사를 **지냈다.**

'역임'이라는 말은 '여러 직위를 두루 거쳐 지냄'을 뜻한다. 따라서 위와 같이 한 가지 직위를 얘기할 때는 쓸 수가 없습니다. 이렇게 써야 맞습니다. "그는 00사에서 영업 담당 부사장과 대표이사를 역임했다."

정부에서는 소비자의 건강을 책임지겠다는 **취지하에** 이 정책을 내놓았습니다.
→ 정부에서는 소비자의 건강을 책임지겠다는 **뜻으로** 이 정책을 내놓았습니다.

한자어로만 구성된 '취지하' 대신 '뜻'이라는 말을 쓰면 좋겠습니다.

000는 참가자들이 **직접 몸으로 체험할** 수 있는 프로그램이다.
→ 000는 참가자들이 **체험할** 수 있는 프로그램이다.

'체험하다'만 써도 문장 흐름에 문제가 없습니다.

OO시청은 매년 연말에 관내 빈곤가정에 **따뜻한 온정이** 담긴 손길을 건네는 행사를 개최하고 있다.
→ OO시청은 매년 연말에 관내 빈곤가정에 **온정이** 담긴 손길을 건네는 행사를 개최하고 있다.

'온정(溫情)'에 이미 '따뜻하다'라는 의미가 들어가 있으므로 '따뜻한 온정'은 겹말 표현이 됩니다.

시가 평생학습도시로 재도약하기 위해 **2019~2023년까지 5개년 중장기 계획을 수립했다.
→ **시가 평생학습도시로 재도약하기 위해 **5개년(2019년~2023년)** 중장기 계획을 수립했다.

'2019~2023년까지 5개년'은 매끄럽지 않은 부분입니다. 두 번째 문장과 같이 괄호 안에 '2019년~2023년'을 넣으면 좋겠습니다.

OO진흥원은 이 세미나에서 최저 **생계비** 보장의 필요성을 강조했다.
→ OO진흥원은 이 세미나에서 최저 **생활비** 보장의 필요성을 강조했다.

국립국어원에서는 '생계비'를 '생활비'로 순화한바 있습니다.

이날 행사에서는 연극도 한 편 **상영**되었다.
→ 이날 행사에서는 연극도 한 편 **상연**되었다.

'상영(上映)'은 '극장 따위에서 영화를 영사(映寫)하여 공개하는 일'을 뜻하고, '상연(上演)'은 '연극 따위를 무대에서 하여 관객에게 보이는 일'을 뜻합니다. 따라서 위 문장에서는 상연'이라는 말을 써야 합니다.

> 이00 사장은 3월 2일, **경북지사 개소식 참가에 이어** 대구 사업장을 방문했다.
> → 이00 사장은 3월 2일, **경북지사의 개소식에 참가한 데 이어** 대구 사업장을 방문했다.

'경북지사 개소식 참가'는 '대구 사업장을 방문했다.'와 대구를 이루지 못합니다. '경북지사 개소식 참가에 이어'를 '경북지사의 개소식에 참가한 데 이어'로 고쳐 쓰면 대구를 이룰 수 있습니다.

> 경기도는 신청자가 사용하고 있는 선·후불 교통카드와 지역화폐를 연동해 교통비 사용 명세를 확인한 뒤 지원 한도 내에서 일부 금액을 **환급해 줄** 예정이다.
> → 경기도는 신청자가 사용하고 있는 선·후불 교통카드와 지역화폐를 연동해 교통비 사용 명세를 확인한 뒤 지원 한도 내에서 일부 금액을 **환급할** 예정이다.

'환급(還給)'은 '도로 돌려줌.'을 뜻하므로 '환급해 주다'는 겹말 표현이 됩니다. '환급할'이라는 말만 써도 됩니다.

OO시청 봉사단은 이날 하천 주변에 있는 재활용 물품들을 **수거**한 후 시청으로 돌아왔다.
→ OO시청 봉사단은 이날 하천 주변에 있는 재활용 물품들을 **수집**한 후 시청으로 돌아왔다.

'수거(收去)'의 '거(去)'에는 '제거하다'의 뜻도 있으므로 위 문장에서는 잘못 쓰인 것입니다. 재활용 물품이라는 말에 어울리는 '수집'으로 바꾸어야 합니다.

김OO 사장은 5년 전에 OOO 프로젝트를 구상했다. **그리고 5년이** 지난 지금 이 프로젝트를 시작하게 되었습니다.
→ 김OO 사장은 5년 전에 OOO 프로젝트를 구상했다. **5년이** 지난 지금 이 프로젝트를 시작하게 되었습니다.

접속어(그리고, 그러나, 하지만 등)는 될 수 있으면 쓰지 않는 게 바람직합니다.

나. 띄어쓰기

틀린 표기	바른 표기	틀린 표기	바른 표기
강화대책	강화 대책	자원 봉사	자원봉사
문화 유산	문화유산	정부기관	정부 기관
문화체험	문화 체험	정부산하기구	정부 산하 기구
문화행사	문화 행사	정부 부처들간에	정부 부처들 간에
민생문제	민생 문제	정부시책	정부 시책
사회공헌활동	사회 공헌 활동	질의 응답	질의응답
산업진흥	산업 진흥	참고자료	참고 자료
상호협력	상호 협력	현장점검	현장 점검
서울지역	서울 지역	10시30분	10시 30분

제5장

채용 공고

먼저 핀 꽃은 먼저 진다.

남보다 먼저 공을 세우려고 조급히 서둘 것이 아니다.

– 에드가 A –

05 채용 공고

가. 맞춤법

이를 거부하는 경우 **불이익이 발생할** 수 있습니다.
→ 이를 거부하는 경우 **불이익을 당할** 수 있다.

문맥을 볼 때 '불이익이 발생할 수'보다는 '불이익을 당할 수'가 더 적절한 표현입니다.

서류 전형 **합격자는** 면접 일정을 개별 통보드립니다.
→ 서류 전형 **합격자에게는** 면접 일정을 개별 통보드립니다.

서류 전형 합격자가 교육 대상자가 일정을 통보받는 것이므로 '서류 전형 합격자'를 '서류 전형 합격자에게는'으로 고쳐 써야 하겠습니다.

부재 **시 메세지를 부탁드립니다.**
→ 부재 **시에는 메시지를 남겨 주시기 바랍니다.**

'부재 시'의 뒤에 조사 '에는'을 덧붙이고 '메세지'는 외래어 표기법에 따라 '메시지'로 바꾸어 써야 합니다. 또한 '부탁드립니다.'를 '남겨 주시기 바랍니다.'로 고쳐 쓰면 의미를 더욱 정확하게 전달할 수 있습니다.

㈜000는 오늘날까지 눈부시게 성장해 온 **것**이 있기에 미래가 더욱 기대되는 기업입니다.
→ ㈜000는 오늘날까지 눈부시게 성장해 온 **저력**이 있기에 미래가 더욱 기대되는 기업입니다.

의존명사인 '것'을 쓰다 보니 의미의 전달력이 조금 떨어집니다. '것'을 '저력'으로 고쳐 쓰면 바람직하겠습니다.

아래에 해당되는 자는 공인 어학 시험 **성적** 제출을 면제함.
→ 아래에 해당되는 자는 공인 어학 시험 **성적 증명서** 제출을 면제함.

제출하는 것은 '성적'이 아니라 '성적 증명서'입니다.

해당 **분야에** 자격을 갖춘 자
→ 해당 **분야에 대한** 자격을 갖춘 자

'해당 분야에 대한 자격을 갖춘 자'가 더 정확한 표현입니다.

허위 사실이 있는 것으로 **판명 시** 모두 **불합격** 처리함.
→ 허위 사실이 있는 것으로 **판명되었을 때에는** 모두 **불합격으로** 처리함.

원 문장은 딱딱하게 읽히므로 매끄럽고 자연스럽게 읽을 수 있도록 두 번째 문장과 같이 고쳤습니다.

기재 사항의 누락으로 인한 불이익은 **본인 책임임.**
→ 기재 사항의 누락으로 인한 불이익은 **본인이 감수해야 함.**

두 번째 문장이 원 문장보다 훨씬 매끄럽습니다.

아래의 경우에 해당될 때에는 채용을 **무효화할** 수 있다.
→ 아래의 경우에 해당될 때에는 채용을 **무효로 할** 수 있다.

한자어인 '화(化)'가 들어간 표현을 굳이 쓸 필요가 없습니다. '무효화할 수'를 '무효로 할 수'로 고쳐 쓰는 게 좋겠습니다.

채용 대상 **직위**: 팀장 → 채용 대상 **직책**: 팀장

'직위(職位)'는 '직무에 따라 규정되는 사회적·행정적 위치'를 뜻합니다. 예를 들면 과장, 차장 등입니다. 팀장은 '직무상의 책임'을 뜻하는 '직책(職責)' 중의 하나입니다. 따라서 '직위'를 '직책'으로 고쳐 써야 합니다.

미기재로 인한 불이익이 없도록 작성에 신중을 기하여 주시기 바랍니다.
→ **미기재 때문에 불이익을 받지 않도록 신중히 작성해** 주시기 바랍니다.

고친 문장이 훨씬 더 매끄럽고 자연스럽습니다.

지원서 양식은 홈페이지(www.000.com)에서 **다운로드할** 수 있습니다.
→ 지원서 양식은 홈페이지(www.000.com)에서 **내려 받을** 수 있습니다.

외래어인 '다운로드하다' 대신 순 우리말인 '내려 받다'를 쓰는 게 바람직합니다.

00 프로그램 수강생 모집 안내
7. **접수** 방법: 인터넷 홈페이지(www.000.com) 또는 전화로 **접수**
→ 7. **신청** 방법: 인터넷 홈페이지(www.000.com) 또는 전화로 **신청**

읽는 사람이 '신청'을 하는 것이므로 '접수'를 '신청'으로 고쳐 쓰는 게 좋겠습니다.

채용 신체검사 결과 **부적합한 자**
→ 채용 신체검사 결과 **부적합자로 판명된 자**

원 문장은 자연스럽게 읽히지 않습니다. '부적합한 자'를 '부적합한 자로 판명된 자'로 고쳐 쓰면 되겠습니다.

해당 분야에 대한 풍부한 지식과 경험을 **갖춘** 분
→ 해당 분야에 대한 풍부한 지식과 경험을 **갖추신** 분

뒤에 '분'이라는 말이 있으므로 존대어인 '갖추신'으로 바꾸어 주는 게 좋겠습니다.

필기시험에 결시할 **경우 불합격** 처리됩니다.
→ 필기시험에 결시할 **경우에는 불합격으로** 처리됩니다.

'경우'와 '불합격'의 뒤에 각각 적절한 조사를 넣어 주면 문장이 한결 매끄러워집니다.

모집 직무별 근무지 및 업무 **상세**
→ 모집 직무별 근무지 및 업무 **상세 내용**

'업무 상세'보다 '업무 상세 내용'이 의미를 전달하기 쉽고 자연스러운 표현입니다.

허위 사실을 기재한 지원자에게는 불이익을 **가함.**
→ 허위 사실을 기재한 지원자에게는 불이익을 **줌.**

'불이익을 가하다'라는 표현은 우리말답지 않고 어색합니다. '불이익을 주다'가 더 자연스러운 표현입니다.

다음의 서류들은 **필히** 원본을 제출해 주시기 바랍니다.
→ 다음의 서류들은 **반드시** 원본을 제출해 주시기 바랍니다.

어려운 한자어가 들어간 '필히' 대신 '반드시'를 쓰는 게 좋겠습니다.

홍보 및 컨설팅 **지원 및** 홍보물 관리 업무
→ 홍보 및 컨설팅 **지원과** 홍보물 관리 업무

'및'이 두 번이나 나오므로 의미를 전달하는 데 한계가 있고 자연스럽지 못합니다. '지원 및'을 '지원과'로 바꿔 써야 합니다.

합격 후 결격 사유(기재 사실과 다른 경우 등)**가 발생** 시 합격 취소
→ 합격 후 결격 사유(기재 사실과 다른 경우 등)**를 발견** 시 합격 취소

문장 내용을 살펴보면 '결격 사유가 발생하다'보다는 '결격 사유를 발견하다'라는 표현이 더 적절합니다.

채용 **전형 과정 중에** 수집할 수 있는 개인정보는 오직 채용을 목적으로 사용됨을 미리 알려드립니다.
→ 채용 **전형 과정에서** 수집할 수 있는 개인정보는 오직 채용을 목적으로 사용됨을 미리 알려드립니다.

'과정'은 '일이 되어 가는 경로'을 뜻하고, '중'은 '어떤 상태에 있는 동안'을 뜻하므로 '과정'과 '중'은 유의어입니다. 따라서 '전형 과정 중에'를 '전형 과정에서'로 고쳐 쓰는 것이 적절합니다.

직원들을 총괄할 수 있는 **인격과 능력을 구비하신 분**
→ 직원들을 총괄할 수 있는 **인격을 지니고, 능력을 구비하신 분**

'인격'은 지니는 것이고, '능력'은 갖추는 것이 바른 표현입니다. 따

라서 두 번째 문장과 같이 고쳐 쓰는 게 좋겠습니다.

00기술원 정관 제20조의 각 호에 **해당하지 아니하신** 분
→ 00기술원 정관 제20조의 각 호에 **해당하지 않는** 분

'해당하지 아니하신 분'보다는 '해당하지 않는 분'으로 쓰는 것이 더 자연스럽습니다.

제출된 서류는 임명일 이후 180일 **이내 반환** 청구할 수 있습니다.
→ 제출된 서류는 임명일 이후 180일 **이내에 반환을** 청구할 수 있습니다.

'이내' 뒤에 '에'를, '반환' 뒤에 '을'을 각각 덧붙이면 자연스러운 문장이 됩니다.

입사 지원 서류에 허위 사실을 기재한 자는 합격을 **취소할 수 있습니다.**
→ 입사 지원 서류에 허위 사실을 기재한 자는 합격을 **취소합니다.**

'허위 사실을 기재한 자의 합격을 취소할 수 있다'라는 말은 취소하지 않을 수도 있다는 뜻으로 해석될 수 있습니다. '취소할 수 있습니다.'를 '최소합니다.'로 고쳐 쓰면 허위 사실을 기재한 자에 대한 처벌 방침을 명확하게 나타낼 수 있습니다.

보험업 관리자 **유경력** 우대 → **보험 업종** 관리자 **경력 보유자** 우대

'보험업 관리자 유경력 우대'라는 표현은 가독성이 떨어집니다.

'보험업'을 '보험 업종'으로, '유경력'을 '경력 보유자'로 각각 고쳐 쓰면 좋겠습니다.

2차 면접에는 임원들이 **참여**함.
→ 2차 면접에는 임원들이 **참석**함.

'참여'는 꾸준히 지속해야 하는 공적인 일이나, 사회적인 운동 등에 관여하여 그것에 도움을 주는 일을 하는 것을 가리킵니다. '참석'은 어떤 모임 자리에 들어가는 것을 의미하는데 '회의에 참석하다.'와 같이 '출석하는 것'에 초점을 둡니다. '2차 면접'에는 '임원들'이 출석한다는 의미에 가까우므로 '임원들이 참석한다'로 쓰는 것이 적절합니다.

제출한 서류 중 일부가 위조한 **서류임이** 밝혀지면 입사가 취소됩니다.
→ 제출한 서류 중 일부가 위조한 **서류로** 밝혀지면 입사가 취소됩니다.

'위조한 서류임이 밝혀지면'보다는 '위조한 서류로 밝혀지면'이 더 매끄러운 표현입니다.

나. 띄어쓰기

틀린 표기	바른 표기	틀린 표기	바른 표기
결격사유	결격 사유	자격요건	자격 요건
공고내용	공고 내용	제출기한	제출 기한
기타사항	기타 사항	제출마감일	제출 마감일
모집분야	모집 분야	제출방법	제출 방법
선발방법	선발 방법	제출서류	제출 서류
수습기간	수습 기간	직무수행	직무 수행
심사기준	심사 기준	지원분야	지원 분야
업무분야	업무 분야	채용인원	채용 인원
응모자격	응모 자격	채용면접	채용 면접
이력사항	이력 사항	최종합격자	최종 합격자
인력현황	인력 현황	회사내규	회사 내규

제6장

사업 계획서

미래를 지금 만들어라. 그리고 꿈을 내일의 현실로 만들어라.

– 말라라 유사프자이 –

06 사업 계획서

가. 맞춤법

이를 만회하기 위해 손실이 발생할 가능성이 충분한 프로젝트에 **추가적으로 자금을** 투입한다.
→ 이를 만회하기 위해 손실이 발생할 가능성이 충분한 프로젝트에 **자금을 더** 투입한다.

'~적'은 우리말다운 말이 아닙니다. '추가적으로 자금을'을 '자금을 더'로 고쳐 쓰면 좋겠습니다.

성공 **회수**는 그다지 많지 않음.
→ 성공 **횟수**는 그다지 많지 않음.

'회수'는 어법에 맞지 않는 말입니다. '횟수'로 써야 합니다. 두 음절로 된 한자어인 '곳간, 횟간, 숫자, 찻간, 횟수'에 한해서는 사이시옷을 씁니다.

판매가는 **경쟁사 대비 1/2 수준임.**
→ 판매가는 **경쟁사의 절반 수준임.**

'경쟁사 대비 1/2 수준임.'을 '경쟁사의 절반 수준임.'으로 바꾸면 훨씬 부드럽게 읽을 수 있습니다.

그 효과는 반드시 **계수적으로** 나타내어야 함.
→ 그 효과는 반드시 **숫자로** 나타내어야 함.

'~적'이라는 말은 그다지 매끄럽지 않으므로 '계수적으로'를 '숫자로'로 고쳐 쓰면 좋겠습니다.

분양 대행 **계약 후** 6개월 **내 100% 분양 완료를 목표**
→ 분양 대행 **계약을 체결한 후** 6개월 **안에 분양을 완료하는 것을 목표로 함.**

원 구문은 조사 누락, 중복 표현 등으로 매끄럽지가 않습니다. 두 번째 구문과 같이 바꾸어 주는 것이 좋겠습니다.

일자리 **여건 개선이 빨리 이루어질** 수 있도록 함.
→ 일자리 **여건이 빨리 개선될** 수 있도록 함.

'이루어지다'는 우리말다운 말이 아닙니다. '여건 개선이 빨리 이루어질'을 '여건이 빨리 개선될'로 고쳐 쓰면 좋겠습니다.

이 **사업에 대한** 핵심 목표는 다음과 같음.
→ 이 **사업의** 핵심 목표는 다음과 같음.

'사업에 대한'을 '사업의'로 바꾸어 표현하면 좀 더 간결하고 자연스럽습니다.

이는 **두 가지의 중요한 역사적 기능을** 수행하고 있다.
→ 이는 **중요한 역사적 기능 두 가지를** 수행하고 있다.

'기능'을 꾸미는 수식어가 많아서 의미가 명확하지 않으므로 두 번째 문장과 같이 고쳐 쓰는 것이 적절합니다.

매년 10개 정도의 업체**들이** 이 시장에 진출하고 있다.
→ 매년 10개 정도의 업체**가** 이 시장에 진출하고 있다.

'10개'라는 구체적인 숫자가 있어 문맥상 복수임을 알 수 있습니다. 따라서 굳이 복수형 접미사인 '들'을 쓸 필요가 없습니다.

사업 계획서 작성 지침의 **정립**
→ 사업 계획서 작성 지침의 **수립**

'정립'은 '정하여 세움.'을, '수립'은 '국가나 정부, 제도, 계획 따위를 이룩하여 세움.'을 각각 뜻합니다. 뜻으로 볼 때 지침이나 정책 등은 '정립'보다는 '수립'과 더 잘 어울리므로, '작성 지침의 수립'으로 쓰는 것이 좋습니다.

판매량은 **전년 동기비** 10.2% 감소
→ 판매량은 **전년 동기보다** 10.2% 감소

'동기비'라는 어려운 말 대신 '전년 동기보다'라는 말을 쓰면 좋겠습니다.

10분 거리에 **대학 병원**
→ 10분 거리에 **대학 병원이 있음.**

명사가 아닌 서술형 어미로 끝을 맺어야 의미를 더 명확하게 전달할 수 있습니다.

조사 항목: 만족도, 재방문 **의도** 등
→ 조사 항목: 만족도, 재방문 **의향** 등

'의도(意圖)'는 '무엇을 하고자 하는 생각이나 계획. 또는 무엇을 하려고 꾀함.'을 뜻합니다. 이 구문에서는 '마음이 향하는 바'의 뜻을 가진 '의향(意向)'을 쓰는 게 좋겠습니다.

이는 가장 **모양새 나는** 절차다.
→ 이는 가장 **모양새가 좋은** 절차다.

원 문장은 자연스러운 문장으로 보기 어렵습니다. '가장'은 정도를 나타내는 부사이므로, 서술구가 정도를 나타내어야 합니다. 따라서 '가장 모양새가 좋은'과 같이 쓰는 것이 적절하겠습니다.

00사의 제품은 강점과 **약점의 대비가 아주 크다.**
→ 00사의 제품은 강점과 **약점이 극명하게 대비된다.**

'대비(對比)'란 '두 가지의 차이를 밝히기 위하여 서로 맞대어 비교함. 또는 그런 비교'를 뜻하는 말입니다. 따라서 '대비가 아주 크다'보다는 '극명하게 대비된다'와 같이 표현하는 것이 적절합니다.

차후의 개선 방향 → **앞으로의** 개선 방향

한자어가 들어간 '차후의' 대신 '앞으로의'를 쓰는 게 바람직하겠습니다.

주민은 고급 주택을 소유한 사람이 많음.
→ **주민들 중에는** 고급 주택을 소유한 사람이 많음.

원 문장의 주술관계가 잘 호응하지 않습니다. '주민은'을 '주민들 중에는'으로 고쳐 쓰면 되겠습니다.

00법 관련 과제의 **추출** → 00법 관련 과제의 **도출**

'추출(抽出)'의 뜻은 '전체 속에서 어떤 물건, 생각, 요소 따위를 뽑아냄.'입니다. 내용상 '판단이나 결론 따위를 이끌어 냄.'의 뜻을 가진 '도출(導出)'을 쓰는 게 맞습니다.

홈페이지나 SNS**으로** 고객을 유치한다.
→ 홈페이지나 SNS**로** 고객을 유치한다.

'SNS'의 마지막 음절이 '스'로 발음되기 때문에 '으로'를 '로'로 고쳐 써야 하겠습니다.

전국에 있는 매장을 통해 참가자 **응모를 진행함.**
→ 전국에 있는 매장을 통해 참가자 **신청을 받음.**

‘응모(應募)’는 ‘모집에 응하거나 지원함.’을 뜻하므로 원 구문에서는 어울리지 않은 말입니다. 따라서 ‘응모를 진행함.’을 ‘신청을 받음.’으로 고쳐 쓰는 게 좋겠습니다.

출처 : 000공단 홈페이지 → **출처:** 000공단 홈페이지

쌍점(:)의 왼쪽은 붙여야 합니다.

이러한 전략 덕분에 고객만족도의 향상, **판매 상승** 등을 기대하고 있다.
→ 이러한 전략 덕분에 고객만족도의 향상, **판매 증가** 등을 기대하고 있다.

‘판매 상승’은 어색한 표현입니다. 이를 ‘판매 증가’로 고쳐 쓰면 되겠습니다.

이 행사는 고객 참여 캠페인 활동의 **일환으로** 개최될 예정임.
→ 이 행사는 고객 참여 캠페인 활동의 **하나로** 개최될 예정임.

어려운 한자어인 ‘일환’ 대신 ‘하나’를 쓰는 게 바람직합니다.

마케팅회의 **주최** 부서: 전략마케팅팀
→ 마케팅회의 **주관** 부서: 전략마케팅팀

'주최(主催)'는 '행사나 모임을 주장하고 기획하여 엶.'을 뜻합니다. 내용상 '어떤 일을 책임을 지고 맡아 관리함.'의 뜻을 가진 '주관(主管)'으로 고쳐 쓰는 게 바람직하겠습니다.

가장 최적의 방법을 제시할 것임.
→ **최적의** 방법을 제시할 것임.

'최적(最適)'에서 '최(最)'는 가장, 제일의 뜻을 더하는 접두사입니다. '가장 최적의'에서는 '가장'이라는 의미가 중복되므로 '가장'을 없애야 합니다.

사업부지를 선정할 때 교통 편리성을 **생각**해야 함.
→ 사업부지를 선정할 때 교통 편리성을 **고려**해야 함.

문맥에 적절한 단어를 사용해야 하므로 '생각해야'를 '고려해야'로 고쳐 써야 하겠습니다.

조사 대상: ㈜000의 거래 업체 **380개**
→ 조사 대상: ㈜000의 거래 업체 **380개사**

업체 숫자이므로 '380개사'가 더 적절한 표현입니다.

구체적인 내용은 **실행 세부 방안**을 참조하기 바람.
→ 구체적인 내용은 **세부 실행 방안**을 참조하기 바람.

'실행 세부 방안'보다는 '세부 실행 방안'이 더 적절한 표현입니다.

이러한 활동이 구매 **전환을 일으킬** 것으로 기대함.
→ 이러한 활동이 구매 **전환으로 이어질** 것으로 기대함.

'구매 전환을 일으키다'라는 표현은 이해하기 어렵습니다. 따라서 '구매 전환을 일으킬'을 '구매 전환으로 이어질'로 고쳐 쓰면 좋겠습니다.

(주)000는 내부 소통 **체제**를 잘 갖추고 있음.
→ (주)000는 내부 소통 **체계**를 잘 갖추고 있음.

'체계(體系)'는 '일정한 원리에 따라 낱낱이 짜임새 있게 조직되어 통일된 전체'를 뜻하고, '체제(體制)'는 '사회를 하나의 유기체로 볼 때 그 조직이나 양식 또는 그 상태를 이르는 말'을 뜻합니다. 내용상 '체계'를 쓰는 게 맞습니다.

코스피보다는 코스닥/중소형주 펀드 위주의 **자금 유입이 클** 것으로 예상
→ 코스피보다는 코스닥/중소형주 펀드 위주의 **자금이 많이 유입될** 것으로 예상

'자금 유입이 크다'라는 표현은 자연스럽지 않습니다. 따라서 '자금 유입이 클 것으로'를 '자금이 많이 유입될 것으로'로 바꾸면 좋겠습니다.

고객 체험 및 볼거리 확충
→ **고객 체험 프로그램** 및 볼거리 확충

'고객 체험'은 '확충'이라는 말과 잘 호응하지 않습니다. '고객 체험'의 뒤에 '프로그램'을 덧붙이는 게 좋겠습니다.

이 사업 계획을 수립하는 데 00협회에서 발간한 연간 **보고서가 참고가 되었음.**
→ 이 사업 계획을 수립하는 데 00협회에서 발간한 연간 **보고서를 참고하였음.**

두 번째 문장과 같이 주동 표현을 쓰면 더 우리말다운 표현이 됩니다.

경기 지역 발주 **부분** 100% 입찰 참여
→ 경기 지역 발주 **물량에** 100% 입찰 참여

'발주 부분'이라는 말은 어색하므로 '발주 물량'으로 고쳐 쓰는 게 좋겠습니다. 아울러 명사가 계속 나열됨으로써 가독성도 떨어지므로 '물량' 뒤에 조사 '에'를 덧붙이는 게 바람직하겠습니다.

온천 이용 회원(**년,** 월)의 전용 락커 및 휴게 공간 마련
→ 온천 이용 회원(**연,** 월)의 전용 락커 및 휴게 공간 마련

두음법칙에 따라 '연'으로 써야 맞습니다.

SNS의 속성상 전파력이 **남다르기** 때문임.
→ SNS의 속성상 전파력이 **뛰어나기** 때문임.

SNS는 사람이 아니기에 '남다르다'라는 표현은 적절하지 않습니다. 따라서 '남다르기'를 '뛰어나기'로 고쳐 써야 합니다.

3개월 이내에 사업자를 **선정하기가 어려울 수도 있음.**
→ 3개월 이내에 사업자를 **선정하기가 어려움.**

기업 문서에서 '어려울 수도 있음.'과 같은 명확하지 않은 표현을 쓰는 것은 금물입니다. '선정하기가 어려움.'처럼 명확한 표현을 써야 합니다.

홈페이지 접속 **건수** → 홈페이지 접속 **횟수**

'건(件)'은 '사건, 서류, 안건 따위를 세는 단위'를 뜻합니다. '일의 횟수를 세는 단위'에 해당되는 말인 '건(件)'을 쓰는 게 적절합니다.

여러 협력 **업체의 합의를 얻을 필요가 있음.**
→ 여러 협력 **업체와 합의해야 함.**

'합의를 얻다'는 어색한 표현입니다. 두 번째 문장과 같이 고쳐 쓰면 자연스럽고 우리말다운 문장이 됩니다.

통신판매 도입에 대한 사전 검토가 필요
→ **통신판매 시스템의** 도입에 대한 사전 검토가 필요

'통신판매'는 '도입'이라는 말과 잘 호응하지 않습니다. '통신판매'의 뒤에 '시스템'과 같은 단어를 추가하면 문맥이 자연스럽게 이어집니다.

사업 **컨셉** → 사업 **콘셉트**

외래어 표기법에 따라 '콘셉트'로 써야 합니다.

동종 타사들과의 협력을 **지속** 추진하여 더욱 많은 정보를 신속히 입수하고자 함.
→ 동종 타사들과의 협력을 **지속적으로** 추진하여 더욱 많은 정보를 신속히 입수하고자 함.

'지속 추진하여'를 '지속적으로 추진하여'로 고쳐 쓰면 문장이 자연스럽게 읽힙니다.

홈페이지 **접속 수 증가를** 위한 전략
→ 홈페이지 **방문객 수를 늘리기** 위한 전략

문맥상 '접속 수'보다는 '방문객 수'가 더 적절한 말입니다. '증가를 위한'은 '늘리기 위한'으로 고쳐 쓰면 더욱 매끄럽게 읽을 수 있습니다.

** 지역은 종합병원, 시청, 대형 쇼핑센터가 모두 **모여 있는** OO시의 중심지임.
→ ** 지역은 종합병원, 시청, 대형 쇼핑센터가 모두 **모여 있는,** OO시의 중심지임.

문장 흐름에서 '모여 있는'이 곧바로 '중심지'와 이어지지는 않으므로 '모여 있는' 뒤에 쉼표(,)를 찍어 주어야 합니다.

신제품이 출시된 후에는 회사의 매출액과 이미지가 **동반하여** 상승할 것으로 기대함.
→ 신제품이 출시된 후에는 회사의 매출액과 이미지가 **함께** 상승할 것으로 기대함.

'동반하여 상승할'은 매끄럽지 못한 표현입니다. '함께 상승할'로 고쳐 쓰면 간결한 문장이 됩니다.

A사와 **직거래를** 할 예정임.
→ A사와 **직접 거래를** 할 예정임.

'직거래'의 말느낌이 그다지 좋지 않습니다. '직거래를 할'을 '직접 거래를 할'로 풀어 쓰면 좋겠습니다.

나. 띄어쓰기

틀린 표기	바른 표기	틀린 표기	바른 표기
마케팅 전략	마케팅전략	실시계획	실시 계획
분포현황	분포 현황	실행계획	실행 계획
사업계획	사업 계획	예상판매대수	예상 판매 대수
사업 부지	사업부지	원가상승	원가 상승
사업예산	사업 예산	이용고객	이용 고객
사업추진전략	사업 추진 전략	이익극대화	이익 극대화
사업확장	사업 확장	제작 비용	제작비용
상품구성	상품 구성	제작일정	제작 일정
설비투자	설비 투자	진입장벽	진입 장벽
소요자금	소요 자금	판매수수료	판매 수수료
수주역량	수주 역량	판매시설	판매 시설
신규사업	신규 사업	현황분석	현황 분석

제7장

제안서

상상력은 우리를 무한하게 만든다.

– 존 무이어 –

07 제안서

가. 맞춤법

> 디자인 시안은 기관**과의 협의를 통해 수정, 보완** 후 확정
> → 디자인 시안은 기관**과 협의하여 수정·보완한** 후 확정

아래의 문구처럼 고쳐 쓰면 좀 더 자연스럽게 읽을 수 있습니다.

> 00의 **우수 사례 전파를** 위한 맞춤형 기획
> → 00의 **우수 사례를 널리 전파하기** 위한 맞춤형 기획

'우수 사례 전파를 위한'이란 표현은 밋밋하여 의미 전달력이 떨어집니다. 이를 '우수 사례를 널리 전파하기 위한'이라고 고쳐 쓰면 좋겠습니다.

> 참여 기업들이 혁신 의지를 **느낄** 수 있도록 구성
> → 참여 기업들이 혁신 의지를 **가질** 수 있도록 구성

제안서의 내용이므로 '의지를 느끼다'보다는 '의지를 가지다'가 더 적절한 표현입니다.

기획력과 창의력을 겸비한 **전문 인력 구축 및 보유**
→ 기획력과 창의력을 겸비한 **전문 인력의 확보 및 운용**

'전문 인력 구축 및 보유'에서 '구축', '보유'는 적절한 단어가 아닙니다. 이를 각각 '확보', '운용'으로 고쳐 쓰면 좋겠습니다.

전문가의 **3차례** 작업으로 완성도를 높임.
→ 전문가의 **3차례에 걸친** 작업으로 완성도를 높임.

'3차례' 뒤에 '에 걸친'을 덧붙이면 뒤에 나오는 문구와 매끄럽게 연결될 수 있습니다.

적격한 인력들의 투입 → **자격을 갖춘** 인력들의 투입

'적격하다'보다는 '자격을 갖추다'라고 표현하는 것이 우리말답고 이해하기 쉽습니다.

주목도 높은 제목, **카피**로 메시지 전달력 제고
→ 주목도 높은 제목, **산뜻한 카피**로 메시지 전달력 제고

'주목도 높은 제목, 산뜻한 카피'로 고쳐 주면 대등한 요소로 연결되므로 자연스러운 문장이 됩니다.

제안사는 이러한 시스템을 바탕으로 **납기와** 품질을 보증하고 있습니다.
→ 제안사는 이러한 시스템을 바탕으로 **납기를 준수하고** 품질을 보증하고 있습니다.

'납기를 보증한다'보다는 '납기를 준수한다'라는 표현이 더 자연스럽습니다.

화면을 신설함으로써 **결산 업무를 효율화**
→ 화면을 신설함으로써 **결산 업무의 효율화를 도모함.**

'결산 업무를 효율화'라고 마무리하면 의미 전달력이 떨어집니다. '결산 업무의 효율화를 도모함.'이라고 고쳐 쓰면 되겠습니다.

고객이 요구하는 수준보다 더 많은 정보를 **제공할 수도 있습니다.**
→ 고객이 요구하는 수준보다 더 많은 정보를 **제공하겠습니다.**

제안서에서는 '~할 수도 있다'와 같은 모호한 표현을 쓰는 것은 금물입니다. '~이 가능하다', '~에 동의한다', '~을 검토할 예정이다', '~을 고려한다' 등도 쓰지 않는 것이 좋겠습니다. 위 문장에서는 명확한 표현인 '~하겠다'를 써야 합니다.

000위원회 보고와 완료 **보고로** 과업을 마무리하겠습니다.
→ 000위원회 보고와 완료 **보고를 거쳐** 과업을 마무리하겠습니다.

'~ 보고로 과업을 마무리하겠다'보다는 '~ 보고를 거쳐 과업을 마무리하겠다'가 더 적절한 표현입니다.

차별화는 디자인에서 **가장 핵심적인** 조건이다.
→ 차별화는 디자인에서 **핵심적인** 조건이다.

핵심의 뜻이 '사물의 가장 중심이 되는 부분'이므로 원 문장에서는 '가장'이라는 말이 중복됩니다. 따라서 '가장 핵심적인'에서 '가장'을 없애야 하겠습니다.

이를 통해 콘텐츠의 가독성과 **전달성**을 높이고자 함.
→ 이를 통해 콘텐츠의 가독성과 **전달력**을 높이고자 함.

'전달성'의 뜻은 '다른 사람이나 기관에 전하여지는 성질'입니다. 따라서 '전달성을 높이다'라는 표현은 적절하지 않습니다. '전달성'을 전달력으로 고쳐 써야 하겠습니다.

원가 절감 **제공** → 원가 절감 **실현**

'원가 절감을 제공한다'라는 표현은 어색합니다. '원가 절감을 실현한다'라고 바꾸는 것이 좋겠습니다.

고객의 요청에 신속하고 적절하게 대응함으로써 **신뢰감을 상승시킬** 수 있음.
→ 고객의 요청에 신속하고 적절하게 대응함으로써 **신뢰도를 높일** 수 있음.

'신뢰감'의 뜻은 '굳게 믿고 의지하는 마음'입니다. 따라서 '신뢰감'

은 '상승시키다'와 어울리지 않습니다. '신뢰감'을 '신뢰도'로 고쳐 주어야 하겠습니다. 또한 '상승시킬'은 '높일'로 고쳐 쓰면 좋겠습니다.

세부 일정은 고객과 **협의** 후 최종 결정
→ 세부 일정은 고객과 **협의한** 후 최종 결정

'협의' 뒤에 서술어를 넣으면 매끄럽게 읽을 수 있습니다.

외주 인력이 많이 투입되면 **소통 오류 발생** 소지가 큽니다.
→ 외주 인력이 많이 투입되면 **소통 오류가 발생할** 소지가 큽니다.

'소통 오류 발생 소지가 큽니다.'는 딱딱하게 읽힙니다. 적절한 조사와 서술어를 넣으면 부드럽게 읽을 수 있습니다.

고객사는 성장 정체와 지속 성장이라는 **갈림길 속에 있습니다.**
→ 고객사는 성장 정체와 지속 성장이라는 **갈림길에 놓여 있습니다.**

'갈림길 속에 있다'라는 표현은 적절하지 않습니다. 따라서 '갈림길 속에 있습니다.'를 '갈림길에 놓여 있습니다.'로 고쳐 주면 좋겠습니다.

000 시스템만을 위해 **전담 팀** 10명이 투입됩니다.
→ 000 시스템만을 위해 **전담 인력** 10명이 투입됩니다.

뒤에 '10명'이라는 말이 있으므로 '전담 팀'보다는 '전담 인력'이 더 적절합니다.

강렬한 컬러를 채용하여 **디자인의** 강약을 두었습니다.
→ 강렬한 컬러를 채용하여 **디자인에** 강약을 두었습니다.

'디자인'의 뒤에 나오는 조사 '의'를 '에'로 고쳐 쓰면 문장의 흐름이 매끄러워집니다.

기존 000 시스템의 효과를 아래와 같이 **분석해 보았습니다.**
→ 기존 000 시스템의 효과를 아래와 같이 **분석했습니다.**

'분석해 봅니다'는 '분석하다'에 보조 동사 '보다'가 연결된 것으로, 분석하는 행동을 시험 삼아 한다는 의미가 더해진 표현입니다. 제안서에서는 제안자의 명확한 의지가 돋보여야 하므로, 이 말을 쓰지 않는 것이 바람직합니다.

열독율 20% 이상 상승을 목표로 하겠습니다.
→ **열독률** 20% 이상 상승을 목표로 하겠습니다.

앞의 음절이 'ㄴ'이나 모음으로 끝난 경우가 아니면 '율'이 아닌 '률'로 표기해야 합니다.

신용등급 BBB0 → **신용등급:** BBB0

쌍점(:)은 표제 다음에 해당 항목을 들거나 설명을 붙일 때 씁니다.

시작 **일정 지연과** 원고가 원활하게 취합되지 않을 경우에는 디자인 작업 일정에도 애로 사항이 발생
→ 시작 **일정이 지연되는 경우나** 원고가 원활하게 취합되지 않을 경우에는 디자인 작업 일정에도 애로 사항이 발생

'시작 일정 지연'과 '취합되지 않을 경우에는'이 잘 호응하지 않습니다. '시작 일정 지연과'를 '시작 일정이 지연되는 경우나'로 고쳐 써야 하겠습니다.

불만 및 사고 발생 시 대응 **매뉴얼을 통해** 신속·정확하게 대응 가능
→ **불만이 제기되거나 사고가 발생했을 때** 대응 **매뉴얼에 따라** 신속·정확하게 대응 가능

'불만'은 '발생'이라는 말과 어울리지 않습니다. '불만 및 사고 발생 시'를 '불만이 제기되거나 사고가 발생했을 때'로 고쳐 쓰면 좋겠습니다. '매뉴얼을 통해'보다는 '매뉴얼에 따라'가 더 적절한 표현입니다.

제안사와 **협력관계에 있는** 업체들의 인력들을 투입할 예정임.
→ 제안사와 **협력관계를 맺고** 있는 업체들의 인력들을 투입할 예정임.

'협력관계를 맺고 있는'으로 쓰는 게 적절합니다.

신용등급 AAA, 유동 비율 178%라는 **튼튼한** 재무구조를 자랑하고 있습니다.
→ 신용등급 AAA, 유동 비율 178%라는 **탄탄한** 재무구조를 자랑하고 있습니다.

'재무구조'에 어울리는 수식어는 '탄탄한'입니다.

시스템의 특장점이 한층 더 **부각될** 수 있도록 구성
→ 시스템의 특장점이 한층 더 **명확하게 부각될** 수 있도록 구성

'한층 더'의 뒤에 '명확하게'라는 부사어를 덧붙인다면 의미를 더 명쾌하게 전달할 수 있습니다.

고객사의 주요 행사를 **중점**으로 진행 일정을 계획합니다.
→ 고객사의 주요 행사를 **중심**으로 진행 일정을 계획합니다.

'중점'보다는 '중심'이 더 적절한 말입니다.

컴퓨터그래픽스 **운용기능사를** 보유한 인력을 투입
→ 컴퓨터그래픽스 **운용기능사 자격증을** 보유한 인력을 투입

'컴퓨터그래픽스 운용기능사를 보유한 인력'은 어색한 표현입니다. '자격증'이라는 말을 덧붙이면 의미를 명확하세 전달하게 선날할 수 있습니다.

이 사업의 성공을 위해 제안사의 **많은** 인맥을 활용하겠습니다.
→ 이 사업의 성공을 위해 제안사의 **탄탄한** 인맥을 활용하겠습니다.

'많은 인맥'보다는 '탄탄한 인맥'이 더 적절한 표현입니다.

특허 전략 → **특허 활용** 전략

'특허'와 '전략'의 사이에 '활용'이라는 말을 넣어 주면 뜻을 더욱 명확하게 전달할 수 있습니다.

참여자들이 지금껏 **본 적 없는 미지의** 자료를 볼 수 있도록 하겠습니다.
→ 참여자들이 지금껏 **본 적 없는** 자료를 볼 수 있도록 하겠습니다.

'미지(未知)'는 '아직 알지 못함.'을 뜻합니다. 본 적이 없다는 것은 알 수 없음을 의미합니다. 따라서 '본 적 없는 미지의'은 겹말 표현이 됩니다. '미지의'를 없애 주어야 합니다.

소식지에 OO구민에게 필요한 정보 위주로 내용을 **진행**
→ 소식지에 OO구민에게 필요한 정보 위주로 내용을 **서술**

'내용을 진행한다'라는 표현은 어색합니다. '진행' 대신 '서술'을 쓰는 게 적절합니다.

이는 온·오프라인은 물론 다른 홍보물이나 사이트에도 **원활한 연계가 될** 것입니다.
→ 이는 온·오프라인은 물론 다른 홍보물이나 사이트에도 **원활하게 연계될** 것입니다.

부사어 '원활한'을 '원활하게'로, '연계가 될'을 '연계될'로 각각 고쳐 쓰면 자연스러운 문장 흐름이 됩니다.

5월 31일까지로 법률로 규정
→ 법정 기한은 5월 31일임.

'5월 31일까지로 법률로 규정'은 어색하게 읽힙니다. 이를 '법정 기한은 5월 31일임.'으로 고쳐 쓰면 되겠습니다.

투입 인력은 별첨 → **투입 인력에 대한 자료는** 별첨

'투입 인력은 별첨'은 어법에 맞지 않습니다. '투입 인력은'을 '투입 인력에 대한 자료는'으로 고쳐 쓰면 그 뜻을 명확하게 전달할 수 있습니다.

이 사업을 총괄할 책임 관리자가 **스케줄링할** 예정임.
→ 이 사업을 총괄할 책임 관리자가 **전체 일정을 관리할** 예정임.

외래어인 '스케줄링하다' 대신 '전체 일정을 관리하다'라는 표현을 쓰는 게 좋겠습니다.

작업 **완료분 순차 인쇄제본으로 시일을** 최대한 단축
→ 작업 **완료분을 순차적으로 인쇄·제본하여 납기를** 최대한 단축

원 구문은 전반적으로 가독성이 떨어집니다. 두 번째 구문과 같이 조사, 서술어, 기호를 적절히 넣어 주고 '시일'을 '납기'로 고쳐 쓰면 자연스러운 구문이 됩니다.

정보의 중복이 발생하므로 이용자들이 혼란을 느낍니다.
→ **정보가 중복되므로** 이용자들이 혼란을 느낍니다.

문장은 될 수 있는 한 간결하게 쓰는 것이 바람직합니다. '정보의 중복이 발생하므로'를 '정보가 중복되므로'로 고쳐 쓰면 되겠습니다.

홍보의 역할을 제대로 수행하고 있는가?
→ **홍보 매체로서의** 역할을 제대로 수행하고 있는가?

'홍보의 역할'은 의미가 모호합니다. '홍보 매체로서의 역할'로 바꾸어 주면 그 의미가 명확해집니다.

평균 경력 8년 **이상** 전문 인력 확보
→ 평균 경력 8년 **이상인** 전문 인력 확보

구조상 지나치게 많은 명사가 나열되어 있어 어색하며, 의미적으로도 '평균 경력 8년 이상'이 '전문 인력'을 직접 수식하는 것보다는 '이다'가 개입되는 것이 자연스러워 보입니다. 따라서 '이상인'으로

쓰는 것이 자연스럽습니다.

00시의 **운영에** 도움이 되는 방식으로 주제를 선정
→ 00시의 **시정 운영에** 도움이 되는 방식으로 주제를 선정

'00시의 운영에'라는 표현은 어색합니다. '00시의 시정 운영에'로 고쳐 쓰면 좋겠습니다.

4차 산업혁명, 융합 정책 등으로 **변해** 가는 교육 방향에 대한 이야기
→ 4차 산업혁명, 융합 정책 등으로 **전환되어** 가는 교육 방향에 대한 이야기

뒤에 '교육 방향'이라는 말이 있으므로 '변해 가는' 대신 '전환되어 가는'을 쓰는 게 적절합니다.

여기에 기업 이미지 전략을 **포함시키고자** 합니다.
→ 여기에 기업 이미지 전략을 **포함하고자** 합니다.

'포함시키다'는 과도한 사동 표현입니다. 따라서 '포함시키고자'를 '포함하고자'로 고쳐 써야 합니다.

배송 **어플리케이션의** 개발을 지원
→ 배송 **애플리케이션의** 개발을 지원

외래어 표기법에 따라 '애플리케이션'으로 써야 합니다.

고객사의 업무 생산성을 높이기 위해서는 000 시스템**이 도입되어야 할 것으로 보입니다.**
→ 고객사의 업무 생산성을 높이기 위해서는 000 시스템**을 도입하여야 합니다.**

제안서에는 적합하지 않은 피동형 표현인 '~되어야 할 것으로 보입니다.'를 썼습니다. 이를 능동형 표현인 '도입하여야 합니다.'로 고쳐 쓰면 좋겠습니다.

예비 인력을 투입하여 제작 기간 단축으로 발생하는 **과부화를** 해결하겠습니다.
→ 예비 인력을 투입하여 제작 기간 단축으로 발생하는 **과부하 문제를** 해결하겠습니다.

'과부화' 뒤에 '문제'라는 말을 덧붙이면 더 적절한 표현이 됩니다.

제작 일정을 **효율적으로** 준수합니다.
→ 제작 일정을 **안정적으로** 준수합니다.

'제작 일정을 효율적으로 준수한다.'라는 말보다는 '제작 일정을 안정적으로 준수한다.'라는 표현이 더 자연스러울뿐더러 고객에게 더 큰 신뢰감을 줄 수 있습니다.

10월 1일부터 **3명의 인력이** 더 투입될 예정임.
→ 10월 1일부터 **3명이** 더 투입될 예정임.

'3명의 인력이'에서 '인력'이라는 말은 군더더기입니다. 즉 굳이 쓸 필요가 없는 말입니다.

전문가의 조언, 다양한 평가를 거쳐 **더 나은** 서비스를 제공하고 있습니다.
→ 전문가의 조언, 다양한 평가를 거쳐 **차별화된** 서비스를 제공하고 있습니다.

'더 나은'이라는 말은 고객이 볼 때 모호할 수 있습니다. 무엇보다 더 나은지 모르기 때문입니다. 따라서 '더 나은'보다는 '차별화된'이라는 말이 더 적절하겠습니다.

현재 자연과학 **부문**의 학자들을 적극적으로 지원하고 있음.
→ 현재 자연과학 **분야**의 학자들을 적극적으로 지원하고 있음.

'부문(部門)'은 '일정한 기준에 따라 분류하거나 나누어 놓은 낱낱의 범위나 부분'을 뜻하고, '분야(分野)'는 '여러 갈래로 나누어진 범위나 부분'을 뜻합니다. 문맥상 '분야'를 쓰는 게 적절합니다.

다양한 디자인 기법을 적용하여 정보의 **전달성**을 강화했습니다.
→ 다양한 디자인 기법을 적용하여 정보의 **전달력**을 강화했습니다.

'전달성(傳達性)'의 뜻은 '다른 사람이나 기관에 전하여지는 성질'입니다. 원 문장의 문맥상 '전달력'으로 고쳐 쓰는 게 좋겠습니다.

유사 **경험자를** 많이 보유하고 있습니다.
→ 유사 **과업의 경험자를** 많이 보유하고 있습니다.

'유사'와 '경험자'는 잘 어울리지 않습니다. '유사'와 경험자'의 사이에 '과업의'이라는 말을 넣어 주면 좋겠습니다.

최상의 품질 **실현** → 최상의 품질 **구현**

'실현(實現)'은 '꿈, 기대 따위를 실제로 이룸.'을 뜻하고, 구현(具現)은 '어떤 내용이 구체적인 사실로 나타나게 함.'을 뜻합니다. '품질'에 어울리는 말은 '구현'입니다.

나. 띄어쓰기

틀린 표기	바른 표기	틀린 표기	바른 표기
기대효과	기대 효과	제안개요	제안 개요
기술부문	기술 부문	제안목적	제안 목적
디자인기법	디자인 기법	제안범위	제안 범위
사업수행	사업 수행	제안업체	제안 업체
수행조직	수행 조직	추진일정계획	추진 일정 계획
시설현황	시설 현황	추진전략	추진 전략
전문인력	전문 인력	투입인력	투입 인력

제8장

입찰 공고문 · 제안 요청서

현명한 사람은 자신을 돕는 유일한 길은
남을 돕는 것이라는 진리를 깊이 인식한다.

– 엘버트 허버드 –

08 입찰 공고문·제안 요청서

가. 맞춤법

공사가 필요하다고 인정할 **시에는** 다음과 같은 조치를 할 수 있다.
→ 공사가 필요하다고 인정할 **때에는** 다음과 같은 조치를 할 수 있다.

'시(時)'보다는 '때'가 더 이해하기 쉬운 말입니다.

아래와 같이 **쓰여진** 공고문을 참고해 주시기 바랍니다.
→ 아래와 같이 **쓰인** 공고문을 참고해 주시기 바랍니다.

'쓰여지다'는 접미사에 의한 피동과 '지다'에 의한 피동이 겹쳐진 것이기에 이중 피동입니다. 따라서 '쓰여진'은 '쓰인'으로 고쳐 써야 하겠습니다.

입찰 참여 업체들은 과거 성과를 파악할 수 있는 **실적(매출)을** 제출해야 함.
→ 입찰 참여 업체들은 과거 성과를 파악할 수 있는 **실적(매출) 자료를** 제출해야 함.

'실적' 뒤에 '자료'라는 말을 덧붙이면 의미를 명확하게 전달할 수 있습니다.

본 기관이 제시한 세부 기준을 **수용**하는 업체
→ 본 기관이 제시한 세부 기준을 **충족**하는 업체

'수용하다'의 뜻은 '어떠한 것을 받아들이다.'이므로 '기준을 수용하는'보다는 '기준을 충족하는'이 더 적절한 표현입니다.

등록 신청과 입찰에는 **사업자등록** 상의 대표자가 참석하여야 한다.
→ 등록 신청과 입찰에는 **사업자등록증** 상의 대표자가 참석하여야 한다.

'문서' 상의 대표자를 의미하므로 '사업자등록'을 '사업자등록증'으로 고쳐 써야 하겠습니다.

유동비율
150% 이상 3점, 100% 이상 ~ 150% **이하** 2점, 100% **이하** 1점
→ 150% 이상 3점, 100% 이상 ~ 150% **미만** 2점, 100% **미만** 1점

'이상'은 '어떤 수와 같거나 어떤 수보다 큰 수'를, '이하'는 '어떤 수와 같거나 어떤 수보다 작은 수'를 뜻합니다. 따라서 원 구문에서는 150%가 150% 이상과 100% 이상 ~ 150% 이하에, 100%가 100% 이상 ~ 150% 이하와 100% 이하에 모두 속하게 됩니다. 두 번째 구문과 같이 고쳐 써야 합니다.

우선협상대상자는 제출한 제안서를 토대로 기술평가 점수 85% 이상인 업체들 중에서 가격 평가 우수 업체를 **대상으로 선정**
→ 우선협상대상자는 제출한 제안서를 토대로 기술평가 점수 85% 이상인 업체들 중에서 가격 평가 우수 업체를 **선정**

앞에 이미 '대상자'라는 말이 있으므로 뒤에 나오는 '대상'은 삭제해야 합니다.

최종 규격은 **상호 협의에 의해 변경 가능**
→ 최종 규격은 **서로 협의하여 바꿀 수 있음.**

문장이 전반적으로 딱딱한 느낌을 줍니다. 순 우리말 등을 활용하여 풀어 쓰면 부드럽게 읽을 수 있습니다.

입찰에 제출되는 서류가 사본일 경우에는 "사실과 **상위** 없음"을 확인·날인해 주시기 바랍니다.
→ 입찰에 제출되는 서류가 사본일 경우에는 "사실과 **다름이** 없음"을 확인·날인해 주시기 바랍니다.

'상위(相違) 없음'이라는 어려운 한자말이 들어간 표현 대신 '다름이 없음'이라는 쉬운 우리말 표현으로 바꾸어 주면 좋겠습니다.

한국00협회 **귀하** → 한국00협회 **귀중**

'귀하(貴下)'는 듣는 이를 높여 이르는 이인칭 대명사로서 개인에게 씁니다. 협회는 개인이 아닌 단체이므로 '귀중(貴中)'을 써야 합니다.

입찰 가격이 추정 가격의 100분의 80 **미만인 입찰한 자에** 대한 평가
→ 입찰 가격을 추정 가격의 100분의 80 **미만으로 제시한 입찰자에** 대한 평가

원 문장은 비문입니다. 두 번째 문장과 같이 고쳐 주면 되겠습니다.

해당 서류의 미제출 시 입찰 무효 처리됩니다.
→ **해당 서류를 제출하지 않았을 때에는 입찰이 무효로** 처리됩니다.

명사가 계속 나열됨으로써 문장의 가독성이 떨어집니다. 문장을 전반적으로 풀어 쓰는 게 좋겠습니다.

제안서는 **요약본 포함** A4용지 20페이지 이내로 **작성하고** 인쇄하여 제출한다.
→ 제안서는 **요약본을 포함하여** A4 용지 20페이지 이내로 **작성한 후** 인쇄하여 제출한다.

두 번째 문장과 같이 적절한 조사와 서술어를 넣으면 자연스럽고 매끄럽게 읽을 수 있습니다.

가제본 형태로 제작하여 승인을 **득한** 후 작업 진행
→ 가제본 형태로 제작하여 승인을 **얻은** 후 작업 진행

어려운 한자말인 '득하다' 대신 쉬운 우리말인 '얻다'를 쓰는 게 좋겠습니다.

00 인증을 획득한 업체만이 **입찰서 제출이 가능합니다.**
→ 00 인증을 획득한 업체만이 **입찰서를 제출할 수 있습니다.**

'제출이 가능하다'라는 표현을 '제출할 수 있다'로 바꾸면 훨씬 자연스럽고 읽기 쉬운 문장이 됩니다.

제안서는 제안 요청서에 기술된 요구 사항을 충분히 **만족할** 수 있는 방안을 포함하여 기술하여야 한다.
→ 제안서는 제안 요청서에 기술된 요구 사항을 충분히 **충족할** 수 있는 방안을 포함하여 기술하여야 한다.

'요구 사항'에는 '만족하다'보다는 '충족하다'가 더 잘 어울리는 말입니다.

본 용역에 대한 문의 사항이 있는 경우에는 아래의 담당자에게 연락해 주시기 바랍니다.
→ **이** 용역에 대한 문의 사항이 있는 경우에는 아래의 담당자에게 연락해 주시기 바랍니다.

어려운 한자말인 '본(本)' 대신 '이'를 쓰는 게 바람직하겠습니다.

제안서는 명확한 **용어를 사용하여** 작성해야 한다.
→ 제안서는 명확한 **용어로** 작성해야 한다.

원 문장에서 '사용하여'는 군더더기이므로 '용어를 사용하여'를 '용어로'로 고쳐 쓰면 되겠습니다.

사업 예산: 50,000원(VAT 포함)
→ 사업 예산: 50,000원(**부가가치세** 포함)

VAT라는 외국어 대신 부가가치세라는 말을 쓰는 것이 좋겠습니다.

발행 일자가 입찰일 전일 **이후 발행한** 것으로 제출
→ 발행 일자가 입찰일 전일 **이후인** 것으로 제출

'발행 일자가 입찰일 전일 이후 발행한'은 적절하지 않은 표현입니다. 따라서 '이후 발행한'을 '이후인'으로 고쳐 쓰면 되겠습니다.

제안서의 내용에 허위가 있어서는 안 되며 **가능한** 객관적인 근거가 제시되어야 한다.
→ 제안서의 내용에 허위가 있어서는 안 되며 **가능한 한** 객관적인 근거가 제시되어야 한다.

'가능한'은 '할 수 있는' 또는 '될 수 있는'을 의미하는 말로 주로 체언을 꾸밀 때 씁니다. '가능한 한'은 부사어처럼 쓰이기 때문에 부사, 형용사, 동사 앞에서 쓸 수 있습니다. 따라서 '가능한'을 '가능한 한'

으로 고쳐 써야 합니다.

제안서의 내용 중 증명서류의 미비로 **평가가 불가능할** 경우 해당 항목은 평가에서 제외
→ 제안서의 내용 중 증명서류의 미비로 **평가를 할 수 없는** 경우 해당 항목은 평가에서 제외

'평가가 불가능하다'는 매끄럽지 않은 표현입니다. '평가가 불가능할'을 '평가를 할 수 없는'으로 고쳐 쓰면 좋겠습니다.

이 용역과 관련하여 제출하는 모든 서류는 공고일 **이후 작성 및 발급**
→ 이 용역과 관련하여 제출하는 모든 서류는 공고일 **이후에 작성되거나 발급된 것이어야 함.**

요건을 규정하는 문장이므로 '작성 및 발급'과 같이 명사로 끝나서는 안 됩니다. 이를 '작성되거나 발급된 것이야 함.'으로 고쳐 써야 의미를 명확하게 전달할 수 있습니다.

위임장에 사용한 인감이 경쟁입찰참가자격등록증에 **미등록되었을** 경우에는 인감증명서와 사용인감계를 제출
→ 위임장에 사용한 인감이 경쟁입찰참가자격등록증에 **등록되지 않았을** 경우에는 인감증명서와 사용인감계를 제출

'미등록되었다'보다는 '등록되지 않았다'라는 표현이 훨씬 더 자연스럽습니다.

조달청의 경쟁입찰 참가 **자격 등록은 아무 때나 가능합니다.**
→ 조달청의 경쟁입찰 참가 **자격은 아무 때나 등록할 수 있습니다.**

'자격 등록은 아무 때나 가능합니다.'는 매끄럽지 않은 표현입니다. 이를 '자격은 아무 때나 등록할 수 있습니다.'로 고쳐 쓰면 좋겠습니다.

조달청에서는 타 공공기관에서 직접 집행하는 입찰 건의 세부 내용**은** 잘 알 수 없으므로 이 지침을 잘 준수해 주시기 바랍니다.
→ 조달청에서는 타 공공기관에서 직접 집행하는 입찰 건의 세부 내용**을** 잘 알 수 없으므로 이 지침을 잘 준수해 주시기 바랍니다.

'세부 내용은'에서 '은'을 '을'로 고쳐 써야 더욱 자연스러운 문장이 됩니다.

제출 서류:
– 입찰참가신청서, 제안서 5부, 법인 등기부등본 1부
– 신분증(주민등록증, 운전면허증, 여권 중 택일) **지참**
→ 제출 서류: 입찰참가신청서, 제안서 5부, 법인 등기부등본 1부
*신분증(주민등록증, 운전면허증, 여권 중 택일)**을 지참해 주시기 바랍니다.**

'신분증'은 서류가 아니므로 두 번째 문장과 같이 고쳐 쓰는 게 바람직합니다.

입찰서의 **금액 표시는** 한글 또는 한자로 기재하여야 한다.
→ 입찰서의 **금액은** 한글 또는 한자로 기재하여야 한다.

'금액 표시는'과 '기재하여야 한다.'는 잘 호응하지 않습니다. 또한 '표시'는 군더더기 말입니다.

기재 사항을 기재하지 **아니하여도** 되는 경우
→ 기재 사항을 기재하지 **않아도** 되는 경우

'아니하다'는 '않다'의 본말로 쓸 수는 있는 표현이나, '기재하지 않아도 되는 경우'로 쓰는 것이 더 간결하고 자연스럽습니다.

과업 완료 보고서를 작성할 때 필요 지식에서 서술된 예시와 설명을 **참고하여 작성한다.**
→ 과업 완료 보고서를 작성할 때 필요 지식에서 서술된 예시와 설명을 **참고한다.**

문장 앞부분에 이미 '작성'이라는 말이 나와 있는데 술어 부분에 또 이 말이 나옵니다. '참고하여 작성한다.'를 '참고한다.'로 고쳐 쓰면 되겠습니다.

여기에는 일반적인 **설명을** 기록한다.
→ 여기에는 일반적인 **설명 내용을** 기록한다.

'설명'은 '어떤 일이나 대상의 내용을 상대편이 잘 알 수 있도록 밝혀 말함. 또는 그런 말'을 뜻합니다. '설명을 기록한다.'는 어색하게 느껴지는 표현입니다. '설명 내용을 기록한다.'로 고쳐 쓰면 되겠습니다.

투입 인력 **교체 시** 사업 담당자로부터 사전 승인을 반드시 **득하여야** 한다.
→ 투입 인력을 **교체하고자 할 때에는** 사업 담당자로부터 사전 승인을 반드시 **얻어야** 한다.

한 문장 안에 한자어가 두 군데나 쓰여 있어 가독성이 떨어집니다. '시'와 '득하여야'를 순 우리말로 바꾸어 주면 좋겠습니다.

담당자의 수정 **요청**을 반영하여야 함.
→ 담당자의 수정 **요청 사항**을 반영하여야 함.

'수정 요청'을 '수정 요청 사항'이라고 고쳐 쓰면 뜻을 더 명확하게 전달할 수 있습니다.

제안과 관련된 일체의 소요 비용은 입찰 **참가자의 부담으로** 함.
→ 제안과 관련된 모든 소요 비용은 입찰 **참가자가 부담하는 것으로** 함.

두 번째 문장처럼 동사 '부담하다'를 쓰는 것이 더 자연스럽습니다.

빌표 내용과 제안서의 내용이 **상이할** 경우 제안서의 내용으로 평가함.
→ 발표 내용과 제안서의 내용이 **서로 다를** 경우 제안서의 내용으로 평가함.

한자어가 들어가 있는 '상이(相異)할'이라는 말 대신 순 우리말인

'서로 다를'을 쓰는 게 바람직하겠습니다.

이 사업 **금액은** 부가가치세가 **포함된 금액이므로** 입찰자가 면세사업자인 경우 입찰 금액**은** 반드시 부가가치세를 포함하여 투찰하여야 한다.
→ 이 사업 **금액에는** 부가가치세가 **포함되어 있으므로** 입찰자가 면세사업자인 경우 입찰 금액**에** 반드시 부가가치세를 포함하여 투찰하여야 한다.

'이 사업 금액은 부가가치세가 포함된 금액이므로'에서 '금액'이라는 말이 중복되므로 이를 '이 사업 금액에는 부가가치세가 포함되어 있으므로'로 고쳐 쓰는 게 좋겠습니다. '입찰 금액은 반드시 부가가치세를 포함하여 투찰하여야 한다.'는 어색한 표현이므로 '입찰 금액은'을 '입찰 금액에'로 고쳐 써야 하겠습니다.

구성 방향 등이 **부합하지 아니하여** 수정을 요구하였으나 이에 **불응하는** 경우(3회 이상)
→ 구성 방향 등이 **맞지 않아** 수정을 요구하였으나 이에 **응하지 않는** 경우(3회 이상)

'부합하지 아니하여'를 '맞지 않아'로, '불응하는'을 '응하지 않는'으로 각각 고쳐 쓰면 훨씬 매끄러운 구문이 됩니다.

종합평가 최고 득점자와 계약 조건을 우선적으로 협상한다.
→ **종합평가에서 가장 많은 득점을 한 사업자와** 계약 조건을 우선적으로 협상한다.

'종합평가 최고 득점자'는 그 뜻이 명확하지 않습니다. '종합평가에서 가장 많은 득점을 한 사업자'로 고쳐 쓰면 좋겠습니다.

차순위 협상 **대상자와** 협상 생략
→ **다음 순위** 협상 **대상자와의** 협상 생략

한자어들로만 구성된 '차순위'를 '다음 순위'로 고쳐 쓰면 좋겠습니다. 문맥상 '대상자와 협상 생략'을 '대상자와의 협상 생략'이라고 고쳐 써야 하겠습니다.

기술평가**(80점) 및** 가격평가**(20점) 합산** 결과 80점 이상인 업체들 중에서 최고 득점 순으로 우선협상대상자를 선정한다.
→ 기술평가**(80점 만점) 점수와** 가격평가**(20점 만점) 점수를 합산한** 결과 80점 이상인 업체들 중에서 최고 득점 순으로 우선협상대상자를 선정한다.

'기술평가(80점) 및 가격평가(20점) 합산 결과'는 뜻을 명확하기 이해하기 어려운 부분입니다. 두 번째 문장과 같이 고쳐 쓰면 의미를 명확하게 이해할 수 있습니다.

나. 띄어쓰기

틀린 표기	바른 표기	틀린 표기	바른 표기
결격사유	결격 사유	제출방법	제출 방법
관계 없이	관계없이	주요사업실적	주요 사업 실적
기본방향	기본 방향	준수사항	준수 사항
기술평가점수	기술평가 점수	직접제출	직접 제출
발표내용	발표 내용	참가자격	참가 자격
우선협상 대상자	우선협상대상자	추가자료	추가 자료
유사과업수행실적	유사 과업 수행 실적	평가대상	평가 대상
입찰건명	입찰 건명	평가방법	평가 방법
입찰방식	입찰 방식	평가요소	평가 요소
작성요령	작성 요령	~하여야함.	~하여야 함.
작성지침	작성 지침	하자 담보 책임 기간	하자담보책임기간

제9장

규정

시기와 질투는 언제나 남을 쏘려다가 자신을 쏜다.

– 맹자 –

09 규정

가. 맞춤법

각 부서장에게는 소속 직원들을 **지휘감독하여야** 할 의무가 있다.
→ 각 부서장에게는 소속 직원들을 **지휘·감독하여야** 할 의무가 있다.

'지휘하다'와 '감독하다'가 연관되어 있으므로 '지휘·감독하여야'로 가운뎃점(·)을 써서 표기해야 합니다.

교통비의 지급은 다음 달 급여일에 지급함을 원칙으로 한다.
→ **교통비는** 다음 달 급여일에 지급함을 원칙으로 한다.

한 문장 안에 '지급'이라는 말이 두 번 쓰였습니다. '교통비의 지급은'을 '교통비는'으로 고쳐 써야 합니다.

이 규정은 2019년 **1월 10일** 시행한다.
→ 이 규정은 2019년 **1월 10일부터** 시행한다.

'10일'의 뒤에 '부터'를 써 주어야 합니다.

근무 시간에는 휴게실을 **사용**할 수 없다.
→ 근무 시간에는 휴게실을 **이용**할 수 없다.

'사용(使用)'의 뜻은 '일정한 목적이나 기능에 맞게 씀.'이고 '이용(利用)'의 뜻은 '대상을 필요에 따라 이롭게 씀.'입니다. 이를 고려하면 '사용'보다는 '이용'을 쓰는 것이 더 자연스럽습니다.

주관 부서장은 접수한 출장 신청서에 의해 여비를 계산하고 **이를 경리 부서에 지급 의뢰한다.**
→ 주관 부서장은 접수한 출장 신청서에 의해 여비를 계산하고 **경리 부서에 이의 지급을 의뢰한다.**

원 문장의 주술관계가 잘 호응되지 않습니다. '이를 경리 부서에 지급 의뢰한다.'를 '경리 부서에 이의 지급을 의뢰한다.'로 고쳐 쓰면 되겠습니다.

각 부서장은 해당 부서 내의 **제** 문서에 대한 관리를 총괄하여야 한다.
→ 각 부서장은 해당 부서 내의 **모든** 문서에 대한 관리를 총괄하여야 한다.

어려운 한자어인 '제(諸)' 대신 쉬운 우리말인 '모든'을 쓰는 것이 바람직하겠습니다.

징계처분의 효력은 인사 명령을 **발한** 날부터 발생한다.
→ 징계처분의 효력은 인사 명령을 **내린** 날부터 발생한다.

'인사 명령을 내린 날부터'로 쓰는 것이 우리말답습니다.

계속사업의 경우에는 총투자액, 기 투자액, 해당 연도 투자액 등을 **구분 명시한다.**
→ 계속사업의 경우에는 총투자액, 기 투자액, 해당 연도 투자액 등을 **구분하여 명시한다.**

'구분 명시한다'라고 쓰면 의미의 전달력이 떨어집니다. 이를 '구분하여 명시한다'로 고쳐 써야 하겠습니다.

총무 부서장은 폐기된 인장을 폐기 인장 보관함에 3년간 **보관** 후 소각한다.
→ 총무 부서장은 폐기된 인장을 폐기 인장 보관함에 3년간 **보관한** 후 소각한다.

'보관' 뒤에 서술어를 넣어 주어야 매끄러운 문장이 됩니다.

각 부서장은 해당 부서의 연간 목표를 **실현할** 수 있도록 최선을 다해야 한다.
→ 각 부서장은 해당 부서의 연간 목표를 **달성할** 수 있도록 최선을 다해야 한다.

구체적인 대상이 있는 '목표'는 '실현'보다는 '달성'과 더 잘 어울립니다.

본 규정은 당사에서 수행되는 모든 지출행위에 대한 권한과 책임을 명확히 함으로써 회계 업무의 적정성을 실현하고 경영 능률을 **증진시키는** 데 그 목적이 있다.
→ 본 규정은 당사에서 수행되는 모든 지출행위에 대한 권한과 책임을 명확히 함으로써 회계 업무의 적정성을 실현하고 경영 능률을 **증진하는** 데 그 목적이 있다.

자신이 하는 행동을 '~한다'고 하지 '~시킨다'라고 하지 않습니다. 따라서 '증진시키는'을 '증진하는'으로 고쳐 써야 합니다.

자매 구매 부서는 **재물 조사 시작일로부터** 5일 전까지 자재가 창고에 입고될 수 있도록 해야 한다.
→ 자매 구매 부서는 **재물 조사 시작일의** 5일 전까지 자재가 창고에 입고될 수 있도록 해야 한다.

'조사 시작일로부터 5일 전까지'는 쉽게 이해할 수 없는 표현입니다. '조사 시작일의 5일 전까지'로 쓰는 것이 간결하고 자연스러운 표현입니다.

자재 관리팀은 매월 말일까지 자재 손실품의 **리스트를** 작성하여 총무팀에 제출하여야 한다.
→ 자재 관리팀은 매월 말일까지 자재 손실품의 **목록을** 작성하여 총무팀에 제출하여야 한다.

외래어인 '리스트'를 '목록'으로 고쳐 쓰면 좋겠습니다.

자산의 **유지보수** 목적으로 비용이 지출될 경우에는 자본적 지출과 수익적 지출 여부를 검토하여 다음 각호와 같이 처리한다.
→ 자산의 **유지보수를** 목적으로 비용이 지출될 경우에는 자본적 지출과 수익적 지출 여부를 검토하여 다음 각호와 같이 처리한다.

'유지보수'에 조사 '를'을 덧붙이면 문장이 매끄러워집니다.

주관 부서장은 [별표 #5]의 양식에 의하여 사규의 제정, 개폐 내용을 **기록 유지하여야** 한다.
→ 주관 부서장은 [별표 #5]의 양식에 의하여 사규의 제정, 개폐 내용을 **기록·유지하여야** 한다.

'기록유지'는 한 단어가 아니므로 '기록'과 '유지' 사이에 가운뎃점(·)을 찍어야 합니다.

경영관리팀은 회계, 인사, 총무에 대한 **기능을 수행하고,** 경영기획팀은 경영기획, 경영전략에 대한 기능을 수행한다.
→ 경영관리팀은 회계, 인사, 총무에 대한 **기능을,** 경영기획팀은 경영기획, 경영전략에 대한 기능을 수행한다.

'수행하고'라는 서술어가 반복되고 있습니다. 이때는 공통 부분을 줄여서 한 번만 써주는 것이 좋습니다.

각 부서장은 매년 1회 자체 자산을 **조사하여** 그 결과를 종합하여 총무 부서장에게 보고하여야 한다.
→ 각 부서장은 매년 1회 자체 자산을 **조사한 후** 그 결과를 종합하여 총무 부서장에게 보고하여야 한다.

한 문장 안에 '~하여'라는 말이 중복됩니다. '조사하여'를 '조사한 후'로 고쳐 쓰면 좋겠습니다.

보험 업무 담당자는 **보험사고 시** 즉시 해당 사실을 법무팀에 통보하여야 한다.
→ 보험 업무 담당자는 **보험사고가 발생하면** 즉시 해당 사실을 법무팀에 통보하여야 한다.

'보험사고 시'는 자연스럽지 않은 표현입니다. 이를 '보험사고가 발생하면'으로 고쳐 쓰면 좋겠습니다.

교육 기간에 소속 부서에서 **근무하지 않으므로** 발생되는, 회사의 모든 손실
→ 교육 기간에 소속 부서에서 **근무하지 않음으로써** 발생되는, 회사의 모든 손실

'근무하지 않으므로 발생되는'은 어법에 맞지 않습니다. 이를 '근무하지 않음으로써 발생되는'으로 고쳐 써야 합니다.

피복이 지급된 직원은 근무 중에 특별히 승인한 경우를 제외하고는 소정의 피복을 착용하여야 한다.
→ **피복을 받은** 직원은 근무 중에 특별히 승인한 경우를 제외하고는 소정의 피복을 착용하여야 한다.

주어가 '직원은'이므로 '피복이 지급된'을 '피복을 받은'으로 고쳐 써야 합니다.

회사는 **업무 형편상** 필요한 경우에는 전 항의 휴일을 다른 날로 대체하거나 휴일 근무를 명할 수 있다.
→ 회사는 **업무상** 필요한 경우에는 전 항의 휴일을 다른 날로 대체하거나 휴일 근무를 명할 수 있다.

'업무 형편상'은 자연스럽지 않은 표현입니다. 이를 간결하게 '업무상'으로 고쳐 쓰면 되겠습니다.

직원은 **정년에 달한** 해의 연말에 퇴직한다.
→ 직원은 **정년이 되는** 해의 연말에 퇴직한다.

'정년에 달한'은 한자어가 들어감으로써 딱딱해진 표현입니다. 이를 '정년이 되는'으로 고쳐 쓰면 좋겠습니다.

관련된 내용은 **간단, 명료하게** 기술하여야 한다.
→ 관련된 내용은 **간단명료하게** 기술하여야 한다.

'간단명료하다'가 하나의 형용사이므로 '간단, 명료하게'를 '간단명료하게'로 고쳐 써야 합니다.

직원이 담당 부서장의 승인 없이 월 3회 이상 조퇴를 하면 무단 결근 2일로 간주하고 **해당 일수만큼** 급여에서 공제한다.
→ 직원이 담당 부서장의 승인 없이 월 3회 이상 조퇴를 하면 무단 결근 2일로 간주하고 **해당 일수의 임금만큼** 급여에서 공제한다.

'해당 일수만큼 급여에서 공제한다'는 정확한 표현이 되지 못합니다. '해당 일수만큼'을 '해당 일수의 임금만큼'으로 고쳐 쓰면 되겠습니다.

신청 사유(6하 원칙에 따라 **명확히**)
→ 신청 사유(6하 원칙에 따라 **명확하게 작성할 것**)

부사어 '명확히'로 마무리되었고 서술어가 없기에 전달하고자 하는 의미를 잘 알 수 없습니다. '명확히'를 '명확하게 작성할 것'으로 고쳐 주는 게 바람직하겠습니다.

"갑"은 수습 기간의 연장이 필요하다고 **판단될** 경우 1개월에 한하여 연장할 수 있다.
→ "갑"은 수습 기간의 연장이 필요하다고 **판단할** 경우 1개월에 한하여 연장할 수 있다.

주어가 '갑은'이므로 '판단할'로 써야 제대로 호응할 수 있습니다.

수습 사원은 수습 기간에 지급 예정 연봉의 80%를 **지급받는다.**
→ 수습 사원은 수습 기간에 지급 예정 연봉의 80%를 **받는다.**

'지급'에는 '주다'라는 의미가 들어가 있습니다. 따라서 '지급받는다.'를 '받는다.'로 고쳐 쓰면 되겠습니다.

'일직'**이라 함은** 휴무일에 근무함을 말한다.
→ '일직'**은** 휴무일에 근무함을 말한다.

'~이라 함은'은 자연스럽지 못한 표현입니다. 이를 '~은'으로 고쳐 쓰면 좋겠습니다.

회사의 모든 규정은 **정하여진** 절차에 따라 제·개정되어야 한다.
→ 회사의 모든 규정은 **정해진** 절차에 따라 제·개정되어야 한다.

'정하여진'이 축약된 '정해진'이 더 쉽게 읽힙니다.

회사는 외부인의 무단 침입을 **사전** 예방하기 위하여 다음과 같은 통제를 한다.
→ 회사는 외부인의 무단 침입을 **사전에** 예방하기 위하여 다음과 같은 통제를 한다.

'사전'의 뒤에 조사 '에'를 덧붙여 '사전에 예방하기 위하여'로 쓰는 것이 자연스럽습니다.

해당 업종의 사업 경력이 **미숙하다고** 판단되는 기업
→ 해당 업종의 사업 경력이 **충분치 않은 것으로** 판단되는 기업

'미숙하다'는 '일 따위에 익숙하지 못하여 서투르다.'를 뜻하므로 '사업 경력이 미숙하다'는 어색한 표현입니다. '미숙하다고'를 '충분치 않은 것으로'로 고쳐 쓰면 좋겠습니다.

정상적인 업무 수행이 불가능하다고 판단될 때
→ **업무를 정상적으로 수행할 수 없다고** 판단될 때

'정상적인 업무 수행이 불가능하다고'보다는 '업무를 정상적으로 수행할 수 없다고'가 훨씬 매끄러운 표현입니다.

업무상 공적이 **현저한** 자
→ 업무상 공적이 **두드러지게 뛰어난** 자

'현저하다'는 '뚜렷이 드러나 있다.'를 뜻합니다. '현저한'이라는 말만 쓰면 해당되는 사람이 공적이 현저하게 뛰어난 사람인지, 뒤떨어지는 사람인지를 알 수 없습니다. 아울러 '현저한'은 어려운 한자어가 들어간 말입니다. '현저한 자'를 '두드러지게 뛰어난 자'로 고쳐 쓰면 좋겠습니다.

직원**에게** 표창하거나 징계할 사유가 있다고 인정되면 총무 부서장은 **소속 부서장으로부터** 증명서류를 받아 소정의 절차를 밟아야 한다.
→ 직원**을** 표창하거나 징계할 사유가 있다고 인정되면 총무 부서장은 **해당 직원의 소속 부서장으로부터** 증명서류를 받아 소정의 절차를 밟아야 한다.

'표창하다'와 '징계하다'에 어울리는 조사는 '을/를'입니다. '소속 부서장'의 앞에 '해당 직원의'이라는 말을 넣으면 뜻이 명확해집니다.

사무 용품 재고 조사 확인서에는 총무 부서장의 **도장이 반드시 날인되어** 있어야 한다.
→ 사무 용품 재고 조사 확인서에는 총무 부서장의 **날인이 반드시** 있어야 한다.

'날인(捺印)'의 뜻은 '도장을 찍음.'입니다. 따라서 '도장이 날인되어 있어야 한다.'는 겹말 표현입니다. '총무 부서장의 도장이 반드시 날인되어 있어야 한다.'를 '총무 부서장의 날인이 반드시 있어야 한다.'로 고쳐 써야 합니다.

나. 띄어쓰기

틀린 표기	바른 표기	틀린 표기	바른 표기
감사담당	감사 담당	인사부서	인사 부서
관리책임자	관리 책임자	인사카드	인사 카드
다음 각 호	다음 각호	일반원칙	일반 원칙
등록 대장	등록대장	적용범위	적용 범위
복무 규율	복무규율	전결사항	전결 사항
산정기준	산정 기준	조직개편	조직 개편
소속직원	소속 직원	징계사유	징계 사유
업무분장	업무 분장	평가지표	평가 지표
업무인수인계	업무 인수 인계	폐기처리	폐기 처리
예산주관부서	예산 주관 부서	해외출장	해외 출장

제10장

제품 설명서

나는 새로운 지식을 얻지 못하는 날은 잃어버리는 날로 생각한다.

– 사뮤엘 존슨 –

10 제품 설명서

가. 맞춤법

2~30대 일일 권장량 → **20**~30대 일일 권장량

'2'의 뒤에 '0'을 생략하지 말고 그대로 써야 합니다.

전원이 연결되면 **'삐빅'** 소리가 나옵니다.
→ 전원이 연결되면 **"삐빅"** 소리가 나옵니다.

소리를 직접 인용할 때는 큰따옴표(" ")를 씁니다.

건조 + 이물질 제거 과정을 거쳐 최고의 품질이 확보됩니다.
→ **건조 과정과** 이물질 제거 과정을 거쳐 최고의 품질이 확보됩니다.

'건조 +'를 '건조 과정과'로 고쳐 주면 자연스러운 문장이 됩니다.

한쪽씩 낱개로 진공 포장되어 있으므로 편리하게 보관할 수 있습니다.
→ **한쪽씩** 진공 포장되어 있으므로 편리하게 보관할 수 있습니다.

'한쪽씩'과 '낱개로'는 뜻이 겹치는 말입니다. '한쪽씩 낱개로'를 '한쪽씩'으로 고쳐 써야 합니다.

직사광선이나 고온·습한 곳은 피하세요.
→ **직사광선이 내리쬐는 곳, 온도가 높은 곳, 습한 곳은** 피하세요.

원 문장은 전반적으로 의미의 전달력이 떨어집니다. '직사광선이나 고온·습한 곳은'을 '직사광선이 내리쬐는 곳, 온도가 높은 곳, 습한 곳은'으로 고쳐 주면 되겠습니다.

비살균 제품이므로 충분히 **가열, 조리 후** 섭취하십시오.
→ 비살균 제품이므로 충분히 **가열·조리한 후** 섭취하십시오.

'가열'과 '조리'는 '하다'로 공통적으로 묶을 수 있으므로 '가열, 조리 후'를 '가열·조리한 후'로 고쳐 써야 합니다.

봉지 개봉 시 절취 도구를 사용하여 손에 상처가 나지 않도록 주의하십시오.
→ **봉지를 개봉하기 위해 절취 도구를 사용할 때** 손에 상처가 나지 않도록 주의하십시오.

'봉지 개봉 시 절취 도구를 사용하여'는 뒷부분과 자연스럽게 연결되지 않습니다. 이를 '봉지를 개봉하기 위해 절취 도구를 사용할 때'로 고쳐 주면 좋겠습니다.

공정거래위원회가 고시한 소비자분쟁 해결 기준에 **의거,** 정당한 소비자 피해에 대해 보상해 드립니다.
→ 공정거래위원회가 고시한 소비자분쟁 해결 기준에 **따라** 정당한 소비자 피해에 대해 보상해 드립니다.

'의거'라는 한자어 대신 순 우리말인 '따라'를 쓰는 게 좋겠습니다.

이 제품은 진공 포장 제품이므로 **진공이 풀렸을** 경우에는 제품이 변질될 위험이 있습니다.
→ 이 제품은 진공 포장 제품이므로 **진공 상태가 깨졌을** 경우에는 제품이 변질될 위험이 있습니다.

'진공이 풀리다'보다 '진공 상태가 깨어지다'가 더 적절한 표현입니다.

제품 보관 시 적정한 온도와 습도에서 보관해 주시기 바랍니다.
→ **제품을** 적정한 온도와 습도에서 보관해 주시기 바랍니다.

'보관'이라는 말이 두 번이나 쓰임으로써 어색한 문장이 되었습니다. '제품 보관 시'를 '제품을'로 고쳐 쓰면 매끄럽게 읽을 수 있습니다.

손상된 두피 **장벽에 피부 보호를** 위해 사용하는 의료기기
→ 손상된 두피 **장벽의 피부를 보호하기** 위해 사용하는 의료기기

조사 '에'를 '의'로, '피부 보호를 위해'를 '피부를 보호하기 위해'로 고쳐 쓰면 자연스러운 문장이 됩니다.

판매점 **명칭의 기입이 없는** 경우
→ 판매점 **명칭이 기입되어 있지 않은** 경우

'기입이 없다'라는 표현은 우리말 어법에 맞지 않습니다. '명칭의 기입이 없는'을 '명칭이 기입되어 있지 않은'으로 고쳐 써야 합니다.

부산지사에서 품질 점검과 **대책을** 본사에 요청
→ 부산지사에서 품질 점검과 **대책 수립을** 본사에 요청

'대책을 요청한다'라는 표현은 어울리지 않습니다. 따라서 '대책을'을 '대책 수립을'로 고쳐 쓰면 그 뜻이 명확해집니다.

000은 **'**오랜 기간 신약 연구로부터 얻은 지혜를 바탕으로 건강한 아름다움을 완성한다.**'는** 뜻입니다.
→ 000은 **"**오랜 기간 신약 연구로부터 얻은 지혜를 바탕으로 건강한 아름다움을 완성한다.**"라는** 뜻입니다.

문장을 직접 인용할 때는 큰따옴표(" ")를 쓰고, 조사는 '라는'을 씁니다.

현금영수증 신청은 핸드폰 번호와 함께 이메일로 신청해 주시면 됩니다.
→ **현금영수증은** 이메일로 신청해 주시면 됩니다**(핸드폰 번호를 반드시 기입).**

원 문장에는 '신청'이라는 말이 중복되어 있으며 '핸드폰 번호와 함께'라는 뜻이 모호한 문구도 있습니다. 두 번째 문장과 같이 고쳐 쓰면 되겠습니다.

면역력이 약하신 분들은 **가급적** 익혀 드시기 바랍니다.
→ 면역력이 약하신 분들은 **될 수 있으면** 익혀 드시기 바랍니다.

'가급적(可及的)'이라는 어려운 한자어 대신 쉬운 우리말인 '될 수 있으면'을 쓰면 좋겠습니다.

청소 후 조립은 **역순입니다.**
→ **청소를 한 후** 조립은 **역순으로 하시기 바랍니다.**

'청소 후'는 '청소를 한 후'로 풀어 쓰는 게 좋겠습니다. '조립은 역순입니다.'는 어법에 맞지 않는 표현이므로 '조립은 역순으로 하시기 바랍니다.'로 고쳐 써야 하겠습니다.

최소 기간 이용 **계약 중도 해지 시 보증금 반환이 되지** 않습니다.
→ 최소 기간 이용 **계약이 중도에 해지되었을 경우에는 보증금이 반환되지** 않습니다.

원 문장은 조사와 서술어가 누락되어 가독성이 떨어집니다. 두 번째 문장과 같이 고쳐 쓰는 게 바람직합니다.

퇴실확인서가 작성 완료되었는지 확인 필수
→ **퇴실확인서의 작성이 완료되었는지를 반드시 확인해야 함.**

원 문장은 매끄럽지가 않습니다. 두 번째 문장과 같이 적절한 조사와 서술어를 넣어 주면 좋겠습니다.

그 후에 **입금 시** 반환됩니다.
→ 그 후에 **입금되면** 반환됩니다.

'입금 시'를 '입금되면'으로 고쳐 쓰면 문장 흐름이 자연스러워집니다.

이 제품의 **오남용**에 유의해 주시기 바랍니다.
→ 이 제품의 **오·남용**에 유의해 주시기 바랍니다.

'오용'과 '남용'이라는 두 단어에서 공통되는 부분을 줄여서 하나의 어구로 묶어 쓴 것이기에 가운뎃점(·)을 써서 표현해야 합니다.

하나의 콘센트에 여러 가지를 동시에 사용하는 경우에는 **발열로 인한 화재의** 위험이 있습니다.
→ 하나의 콘센트에 여러 가지를 동시에 사용하는 경우에는 **발열 때문에 화재가 발생할** 위험이 있습니다.

'화재의 위험이 있습니다.'는 우리말답지 못한 표현입니다. 이를 '화재가 발생할 위험이 있습니다.'로 고쳐 쓰면 되겠습니다.

장기간 기기 동작 시 모터 과열로 인한 기기 고장이 생길 수 있습니다.
→ **오랜 시간 동안 기기를 동작시키면 모터가 과열되어 기기가 고장날 수** 있습니다.

순 우리말, 조사, 서술어를 적절히 덧붙인 두 번째 문장이 훨씬 자연스럽습니다.

오랜 시간 동안 제품 내부를 청소하지 않으면 중심부의 훼손으로 인해 **제품 파손이 발생할 수** 있습니다.
→ 오랜 시간 동안 제품 내부를 청소하지 않으면 중심부의 훼손으로 인해 **제품이 파손될 수** 있습니다.

원 문장에서 '발생'은 굳이 쓰지 않아도 되는 군더더기입니다. '제품 파손이 발생할 수'를 '제품이 파손될 수'로 고쳐 쓰면 되겠습니다.

목과 허리의 떠 있는 부분을 채워 주어 **편안함을 제공합니다.**
→ 목과 허리의 떠 있는 부분을 채워 주어 **편안하게 해 드립니다.**

'편안함을 제공합니다.'보다는 '편안하게 해 드립니다.'가 훨씬 간결하고 자연스럽습니다.

가슴, 허리에 이 제품을 놓고 **스트레칭을 하면** 몸을 이완시키고 피로 해소에 도움을 줍니다.
→ 가슴, 허리에 이 제품을 놓고 **스트레칭을 하는 것은** 몸을 이완시키고 피로 해소에 도움을 줍니다.

원 문장에서는 문장 성분의 호응이 어색합니다. '스트레칭을 하면'을 '스트레칭을 하는 것은'으로 고쳐 쓰면 자연스러울 듯합니다.

사용하시기 전에 사용 방법을 숙지해 **주신 후 사용해 주시기 바랍니다.**
→ 사용하시기 전에 사용 방법을 숙지해 **주시기 바랍니다.**

문장의 앞부분과 뒷부분에 모두 '사용하다'라는 말이 있습니다. 또한 '주시다'라는 말도 두 번이나 쓰였습니다. 또한 중복을 피하고 매끄러운 문장을 만들기 위해서는 두 번째 문장과 같이 고쳐 써야 하겠습니다.

이 제품**에는** 자동 절전 기능, 예약 기능 등**이 망라되어** 있습니다.
→ 이 제품**은** 자동 절전 기능, 예약 기능 등**을 갖추고** 있습니다.

'망라(網羅)'는 '널리 받아들여 모두 포함함을 이르는 말'을 뜻하는데 위 문장에는 적절하지 않은 단어입니다. '이 제품에는'을 '이 제품은'으로, '등이'를 '등을'로, '망라되어'를 '갖추고'로 각각 고쳐 써야 하겠습니다.

호흡기 질환자, 어린이, 노약자, 마스크 착용으로 호흡이 **불편한 경우에는** 사용을 중지하십시오.
→ 호흡기 질환자, 어린이, 노약자, 마스크 착용으로 호흡이 **불편해진 사람은** 사용을 중지하십시오.

주어부에서 '마스크 착용으로 호흡이 불편한 경우' 외에는 모두 사람에 해당되는 단어들입니다. 사람에 해당하는 말들로 통일하기 위해서는 '마스크 착용으로 호흡이 불편한 경우에는'을 '마스크 착용으로 호흡이 불편해진 사람은'으로 고쳐 써야 합니다.

짝발은 허리가 아픕니다.
→ 짝발인 사람은 허리에 통증을 느낍니다.

원 문장은 주술관계가 호응하지 않고 뜻도 명확하지 않습니다. 두 번째 문장과 같이 고쳐 주면 되겠습니다.

적은 힘으로도 빠르게 주행할 수 있습니다.
→ **작은** 힘으로도 빠르게 주행할 수 있습니다.

문맥상 '적은'은 어울리지 않는 말입니다. 이를 '작은'으로 고쳐 써야 하겠습니다.

이 제품은 **공기를 환기하는** 기능도 갖추고 있습니다.
→ 이 제품은 **환기하는** 기능도 갖추고 있습니다.

'환기(換氣)'는 '탁한 공기를 맑은 공기로 바꿈.'을 뜻합니다. 이 말에 이미 '공기'라는 의미가 들어가 있으므로 '공기를 환기하는'은 겹말 표현이 됩니다. '공기를 환기하는'에서 '공기를'을 없애야 하겠습니다.

제품 설명서를 잘 보관하여 **필요할 때마다 수시로** 읽어 보시기 바랍니다.
→ 제품 설명서를 잘 보관하여 **필요할 때마다** 읽어 보시기 바랍니다.

원 문장에서 '필요할 때'와 '수시'는 뜻이 서로 다릅니다. '수시로'를 없애야 하겠습니다.

이 제품은 목과 어깨를 바르게 **받혀 줍니다.**
→ 이 제품은 목과 어깨를 바르게 **받쳐 줍니다.**

'밑이나 옆에 다른 물체를 대다'라는 뜻을 가진 '받쳐 주다'를 쓰는 것이 올바릅니다.

식후 **혈당 상승 억제에** 도움을 줄 수 있습니다.
→ 식후 **혈당의 상승을 억제하는 데** 도움을 줄 수 있습니다.

'혈당 상승 억제에'를 '혈당의 상승을 억제하는 데'로 풀어 쓰면 문장이 훨씬 부드러워집니다.

장거리 운행이 많은 분에게 크게 도움을 주는 제품입니다.
→ **장거리 운행을 자주 하시는** 분에게 크게 도움을 주는 제품입니다.

'장거리 운행이 많다'는 자연스럽지 않은 표현입니다. '장거리 운행이 많은 분에게'를 '장거리 운행을 자주 하시는 분에게'로 고쳐 쓰면 좋겠습니다.

최고의 **가성비** 00라면 → 최고의 **가성비를 보여 주는** 00라면

'최고의 가성비 00라면'이라고만 쓰면 그 뜻을 정확하게 이해할 수 없습니다. '가성비'의 뒤에 서술어 '보여 주는'을 덧붙이는 게 좋겠습니다.

구매자 귀책 사유의 경우 수리가 유상으로 진행됩니다.
→ **구매자의 귀책 사유로 고장이 났을 때는** 수리가 유상으로 진행됩니다.

'구매자 귀책 사유의 경우'와 '수리가 유상으로 진행됩니다.'가 매끄럽게 연결되지 않습니다. '구매자 귀책 사유의 경우'를 '구매자의 귀책 사유로 고장이 났을 때는'으로 고쳐 쓰면 되겠습니다.

이 제품으로 머리털을 **간편하고 편리하게** 관리할 수 있습니다.
→ 이 제품으로 머리털을 **간편하게** 관리할 수 있습니다.

'간편하다'의 뜻은 '간단하고 편리하다.'이므로 '간편하고 편리하게'는 겹말 표현이 됩니다. 이를 '간편하게'로 고쳐 써야 하겠습니다.

소량의 혈액만으로도 혈당 수치를 측정할 수 있습니다.
→ **적은 양**의 혈액만으로도 혈당 수치를 측정할 수 있습니다.

한자어로만 구성된 '소량'보다는 '적은 양'이 더 자연스럽게 읽히는 표현입니다.

내용물의 손상이나 변질 시에는 섭취하지 마십시오.
→ **내용물이 손상되거나 변질되었을 때에는** 섭취하지 마십시오.

'내용물의 손상이나 변질 시에는'은 어색하게 읽히는 문구입니다. 이를 '내용물이 손상되거나 변질되었을 때에는'으로 고쳐 쓰면 좋겠습니다.

이 제품은 기억력 **개선**에 도움을 줄 수 있습니다.
→ 이 제품은 기억력 **증진**에 도움을 줄 수 있습니다.

'기억력'에 어울리는 말은 '증진'입니다.

나. 띄어쓰기

틀린 표기	바른 표기	틀린 표기	바른 표기
개봉시	개봉 시	원료성분	원료 성분
검은 색	검은색	유해물질	유해 물질
교환장소	교환 장소	제작과정	제작 과정
권장보관방법	권장 보관 방법	제품규격	제품 규격
냉장보관	냉장 보관	제품원료	제품 원료
보존상태	보존 상태	주의사항	주의 사항
식품유형별	식품 유형별	포장단위	포장 단위
신체기능	신체 기능	포장재질	포장 재질

제11장

광고 문구

우리는 항상 살아갈 준비가 되어 있지만 준비된 삶은 못살고 있다.

– 에머슨 –

11 광고 문구

가. 맞춤법

복잡한 **세무 지식 없이도** 통신 공제도 척척!!
→ 복잡한 **세무 지식을 몰라도** 통신 공제도 척척!!

문맥상 '세무 지식 없이도'보다는 '세무 지식을 몰라도'가 더 명확한 표현입니다.

000 **홈페이지(www.0000.co.kr) 회원 가입 후** 이용할 수 있습니다.
→ 000 **홈페이지(www.0000.co.kr)에서 회원으로 가입한 후** 이용할 수 있습니다.

적절한 조사와 서술어를 넣어 주면 문장의 가독성이 훨씬 높아집니다.

지금 00에서 **비대면 주식 계좌를 개설을 해** 보세요!
→ 지금 00에서 **비대면 주식 계좌를 개설해** 보세요!

원 문장의 '개설을 해'에서 '을'은 군더더기입니다. 이를 없애 주면 문장이 한결 간결해집니다.

독성이 전혀 **없는** 우리 아이 피부 치료제!!
→ 독성이 전혀 **없는,** 우리 아이 피부 치료제!!

우리 아이가 아니라 피부 치료제에 독성이 전혀 없다는 의미이므로 '전혀 없는'의 뒤에 쉼표(,)를 찍어야 합니다.

모바일 **어플리케이션** 서비스 제공
→ 모바일 **애플리케이션** 서비스 제공

외래어 표기법에 따라 '애플리케이션'으로 고쳐 써야 합니다.

당신의 건강은 발에 있습니다.
→ **당신 건강의 근원은** 발에 있습니다.

'당신의 건강은 발에 있습니다.'라는 표현은 자연스럽지 않습니다. 이를 '당신 건강의 근원은 발에 있습니다.'로 고쳐 주면 되겠습니다.

태풍이 와도, 지진이 나도 **걱정 마세요**!
→ 태풍이 와도, 지진이 나도 **걱정하지 마세요**!

명사 뒤에 '하다'가 붙어 동사가 되는 형태에 연결 어미 '~지'가 붙어 활용한 형태입니다. 동사의 '지'의 꼴 뒤에 쓰여 어떠한 행위에 대한 금지를 나타냅니다.

줄지 않는 고장, **000 시스템이** 없기 때문입니다.
→ 줄지 않는 고장, **이는 000 시스템이** 없기 때문입니다.

'고장'과 '000 시스템' 사이에 '이는'을 넣어 주면 문장이 좀 더 매끄러워집니다.

순회 **점검 & 차량 정비** 제공
→ 순회 **점검 서비스와 차량 정비 서비스** 제공

의미상 항목마다 서비스를 붙여 쓰는 것이 적절합니다.

㈜00는 일제 강점기 **36년** 동안 숱한 역경을 견뎌냈습니다.
→ ㈜00는 일제 강점기 **35년** 동안 숱한 역경을 견뎌냈습니다.

일본이 우리나라를 강점한 기간은 35년(1910년 8월 29일 ~ 1945년 8월 15일)입니다. 일제 강점 기간을 36년이라고 쓴 글이 많은데 역사적 사실관계에 맞게 고쳐 써야 합니다.

자세한 사항은 홈페이지(www.0000.co.kr) **참고**
→ 자세한 사항은 홈페이지(www.0000.co.kr) **참고 요망**

'참고' 뒤에 '요망'이라는 말을 덧붙이면 의미를 더 명확하게 전달할 수 있습니다.

3년간의 유지보수 서비스를 제공합니다.
→ 유지보수 서비스 기간은 3년입니다.

고친 문장이 좀 더 간결합니다.

초간편 가입이 돋보입니다.
→ **매우 간단하고 편리한 가입 절차가** 돋보입니다.

어려운 한자말인 '초간편'을 쉬운 우리말로 바꾸어 주고 그 뜻이 명확하지 않은 '가입'을 '가입 절차'라고 고쳐 쓰면 되겠습니다.

일상생활 속 꼭 필요한 제품을 팝니다.
→ **일상생활에** 꼭 필요한 제품을 팝니다.

'일상생활 속'을 '일상생활에'로 고쳐 쓰면 한결 매끄럽게 읽을 수 있습니다.

불면증 때문에 느끼는 불편함을 **해소시켜** 줍니다.
→ 불면증 때문에 느끼는 불편함을 **해소해** 줍니다.

해소하는 행위를 스스로 하는 것이지, 누구에게 시켜서 하는 것이 아니므로 '하다'를 써야 합니다.

장시간 동안 보습이 지속된다는 것이 특징입니다.
→ **48시간** 동안 보습이 지속된다는 것이 특징입니다.

장시간이라는 용어는 구체적인 시간을 뜻하지 않으므로 읽는 사람들이 제품에 대한 신뢰성을 느끼기에는 미흡합니다. 구체적인 시간을 명기하는 것이 좋겠습니다.

자유롭게 움직이기에 알맞은 **사이즈**!
→ 자유롭게 움직이기에 알맞은 **크기**!

외래어인 '사이즈' 대신 순 우리말인 '크기'를 썼습니다.

이런 제품은 **못 보셨을** 겁니다.
→ 이런 제품은 **보지 못하셨을** 겁니다.

'못 보다'보다 '보지 못하다'가 좀 더 자연스럽습니다.

현지 **지불** 금액: 20달러 → 현지 **지급** 금액: 20달러

'지불(支拂)'은 일본식 한자어입니다. 이를 '지급'으로 고쳐 쓰는 게 바람직하겠습니다.

일상의 나날을 어떻게 보내고 계십니까?
→ **일상을** 어떻게 보내고 계십니까?

'일상(日常)'은 '날마다 반복되는 생활'을 뜻하고 '나날'은 계속 이어지는 하루하루의 날들'을 뜻합니다. 따라서 '일상의 나날'은 겹말입니다. '일상'이라고만 쓰는 게 맞습니다.

체계적인 교육제도가 뒷받침되는 (주)OOO에서 **남다른 시작을 여십시오.**
→ 체계적인 교육제도가 뒷받침되는 (주)OOO에서 **남다르게 시작해 보세요.**

'시작'은 '어떤 일이나 행동의 처음 단계를 이루거나 그렇게 함. 또는 그 단계'를 뜻합니다. '남다른 시작을 열다'라는 표현은 어색하므로 '남다르게 시작해 보세요'로 고쳐쓰는 게 적절하겠습니다.

상품 가격에는 **유류할증료·제세공과금이 포함,** 유가와 환율에 따라 변동될 수 있습니다.
→ 상품 가격에는 **유류할증료와 제세공과금이 포함되어 있으며,** 유가와 환율에 따라 변동될 수 있습니다.

'유류할증료·제세공과금이 포함'이라는 표현은 가독성이 떨어집니다. 이를 '유류할증료와 제세공과금이 포함되어 있으며'로 풀어 쓰면 좋겠습니다.

우리의 하나됨을 위하여! → **우리가 하나 되기** 위하여!

원 구문은 우리말답지 않습니다. 이를 '우리가 하나 되기 위하여!'로 고쳐 쓰는 게 바람직하겠습니다.

이 상품을 **강력** 추천합니다.
→ 이 상품을 **강력하게** 추천합니다.

'추천합니다.'의 앞에 부사어가 와야 하므로 '강력'을 '강력하게'로 고쳐 써야 하겠습니다.

> 콜레스테롤 **개선이 필요하신** 분
> → 콜레스테롤 **수치를 낮추어야 하는** 분

'콜레스테롤 개선이 필요하신 분'이라는 표현은 어색합니다. 이를 '콜레스테롤 수치를 낮추어야 하는 분'으로 고쳐 써야 명확한 표현이 될 수 있습니다.

> 이 제품은 고객님의 **아름다운 미모를** 돋보이도록 해 줍니다.
> → 이 제품은 고객님의 **미모를** 돋보이도록 해 줍니다.

'미모'에 이미 '아름답다'라는 의미가 들어가 있으므로 '아름다운 미모'는 겹말 표현이 됩니다. '아름다운'을 없애 주어야 합니다.

> **스프를** 새롭게 조절! → **스프의 농도를** 새롭게 조절!

'스프를 조절하다'라는 표현은 어법에 맞지 않습니다. 따라서 '스프를 새롭게 조절!'을 '스프의 농도를 새롭게 조절!'이라고 고쳐 쓰는 게 바람직하겠습니다.

> 00은 **어려움에 처한** 이웃을 돕고 있습니다.
> → 00은 **어려움을 겪는** 이웃을 돕고 있습니다.

'어려움에 처한'보다는 '어려움을 겪는'이 더 우리말다운 표현입니다.

00시청역 도보 3분 → **00시청역까지 도보로** 3분

적절한 조사들을 덧붙이면 그 뜻을 훨씬 명확하게 전달할 수 있습니다.

입덧이 심하여 영양이 **부실한** 분
→ 입덧이 심하여 영양이 **부족한** 분

'부실'은 '내용이 실속이 없고 충분하지 못함.'을 뜻하기 때문에 '영양이 부실한'이라는 표현은 어색합니다. '영양이 부족한'으로 고쳐 쓰는 게 좋겠습니다.

이 제품으로 안구운동을 꾸준히 하시면 기억력 **저하에도** 도움이 됩니다.
→ 이 제품으로 안구운동을 꾸준히 하시면 기억력 **저하를 방지하는 데에도** 도움이 됩니다.

'기억력 저하에 도움이 된다'라는 표현은 기억력에 더욱 좋지 않다는 것을 의미합니다. '기억력 저하에도'를 '기억력 저하를 방지하는 데에도'로 고쳐 써야 하겠습니다.

불가리스만의 마이크로바이옴으로 장 건강을 **확 높인다.**
→ 불가리스만의 마이크로바이옴으로 장 건강을 **확연히 증진한다.**

'장 건강을 확 높인다.'라는 표현은 어법에 맞지 않습니다. '장 건강을 확연히 증진한다.'로 바꾸어야 합니다.

건강하려고 이걸 먹습니다.
→ **건강해지려고** 이걸 먹습니다.

'건강하다'는 형용사이므로 '건강하려고'로 활용되지 않습니다. 따라서 '건강해지려고'로 고쳐 써야 합니다.

00의 효능을 네이버 검색창**에** 검색해 보세요.
→ 00의 효능을 네이버 검색창**에서** 검색해 보세요.

조사 '에'를 '에서'로 고쳐 써야 자연스러운 문장이 됩니다.

기대에 반드시 부응하겠습니다, 고객**님**
→ 기대에 반드시 부응하겠습니다, 고객**님.**

문장의 마지막인 '고객님' 뒤에 마침표(.)를 찍는 것이 바릅니다.

혹시 좋다는 화장품을 써도 피부가 좋아지지 않아 **걱정이진 않으신가요?**
→ 혹시 좋다는 화장품을 써도 피부가 좋아지지 않아 **걱정되지 않으세요?**

'걱정이진 않으신가요?'라는 부분은 어색합니다. 이를 '걱정되지 않으세요?'로 고쳐 쓰면 자연스러운 문장이 됩니다.

우리가 당면한 **많은 문제들에** ㈜000은 기술에서 해답을 찾기로 했습니다.
→ **우리에게는** 당면한 **문제가 많은데** ㈜000은 기술에서 해답을 찾기로 했습니다.

'우리가 당면한 많은 문제들에'는 어색한 부분입니다. 이를 '우리에게는 당면한 문제가 많은데'로 고쳐 쓰면 좋겠습니다.

무첨가로 더욱 안심
→ **첨가물이 없기에** 더욱 **안심할 수 있음.**

원 구문은 가독성이 떨어집니다. 이를 '첨가물이 없기에 더욱 안심할 수 있음.'과 같이 구체적으로 풀어 쓰면 좋겠습니다.

국소 **마취로** 시술 시간은 10분!
→ 국소 **마취를 하기 때문에** 시술 시간은 10분!

조사 '로'가 들어간 '국소 마취로'라는 표현은 뒤에 나오는 표현과 어울리지 않습니다. 이를 '국소 마취를 하기 때문에'로 고쳐 쓰면 좋겠습니다.

배변을 한 후에도 잔변감이 **남아 있는** 분
→ 배변을 한 후에도 잔변감이 **있는** 분

'잔변감'의 '잔(殘)'은 '남을 잔'입니다. '잔변감이 남아 있는'은 겹말 표현이 되기 때문에 '잔변감이 있는'으로 고쳐 써야 합니다.

누적된 기술력의 진수를 보여 드리겠습니다.
→ **축적된** 기술력의 진수를 보여 드리겠습니다.

누적은 '불만', '피로'와 같이 어쩔 수 없이 쌓인 것들과 함께 쓰입니다. 반면에 '축적'은 노력을 통해 의도적으로 쌓은 것들과 함께 쓰입니다. 기술력은 의도적으로 쌓은 것이므로 '축적'을 써야 합니다.

이 제품은 고객의 정신건강 **개선**에 큰 도움을 드릴 수 있습니다.
→ 이 제품은 고객의 정신건강 **증진**에 큰 도움을 드릴 수 있습니다.

'건강'이라는 말에는 '개선'이 아니라 '증진'이 어울립니다.

팽팽한 탄력! → **뛰어난** 탄력!

'탄력(彈力)'의 뜻은 '용수철처럼 튀거나 팽팽하게 버티는 힘'입니다. 따라서 '팽팽한 탄력'은 겹말 표현이 됩니다. '팽팽한'을 '뛰어난'으로 고쳐 쓰면 좋겠습니다.

지금 바로 **전화주세요!** → 지금 바로 **전화해 주세요!**

'전화주세요.'라는 표현을 흔히 쓰고 있는데, 동사 '전화하다'가 있으므로 '전화해 주세요.'라고 써야 바릅니다.

후원해 주신 분들께는 **소득공제는** 물론 소식지를 보내 드립니다.
→ 후원해 주신 분들께는 **소득공제를 해 드리는 것은** 물론 소식지를 보내 드립니다.

'소득공제는'과 '보내 드립니다'가 제대로 호응하지 않습니다. '소득공제는'을 '소득공제를 해 드리는 것은'으로 고쳐 쓰면 좋겠습니다.

오랜 사용에도 거의 닳지 않습니다.
→ **오래 사용하여도** 거의 닳지 않습니다.

'사용'은 '일정한 목적이나 기능에 맞게 씀.'을 뜻하므로 시간이나 기간의 의미와 호응하는 '오랜'과 어울리지 않습니다. 따라서 '오랜 사용에도'를 '오래 사용하여도'로 고쳐 쓰는 것이 적절합니다.

다이내믹한 성능에 놀라운 연비까지 갖추었습니다.
→ **역동적인** 성능에 놀라운 연비까지 갖추었습니다.

외래어인 '다이내믹하다'를 '역동적'이라는 말로 바꾸어 쓰면 좋겠습니다.

아시아의 전초 기지인 00시!
→ **아시아 진출의** 전초 기지인 00시!

문맥상 '진출'이라는 말이 들어가야 하겠습니다.

나. 띄어쓰기

틀린 표기	바른 표기	틀린 표기	바른 표기
고객과 함께 하는	고객과 함께하는	업계최초	업계 최초
국비지원	국비 지원	여러가지	여러 가지
기능성제품	기능성 제품	전문기업	전문 기업
복합기능	복합 기능	제품문의	제품 문의
식물성분	식물 성분	친환경제품	친환경 제품

제 12 장

이벤트 문장

신기한 말을 하는 것이 귀함이 아니라 실행함이 귀하다.

– 이태백 –

12 이벤트 문장

가. 맞춤법

재미있는 장면을 찍어서 내 사진 자랑 메뉴에 **올려주시면** 20명을 추첨하여 문화상품권 1만 원권을 보내 드립니다.
→ 재미있는 장면을 찍어서 내 사진 자랑 메뉴에 **올려주신 분들 중에서** 20명을 추첨하여 문화상품권 1만 원권을 보내 드립니다.

원 문장의 '재미있는 장면을 찍어서 내 사진 자랑 메뉴에 올려주시면 20명을 추첨하여'는 의미가 명확하지 않습니다. '내 사진 자랑 메뉴에 올려주시면'을 '내 사진 자랑 메뉴에 올려주신 분들 중에서'로 고쳐야 하겠습니다.

제세공과금 당첨자 **부담**
→ **제세공과금은** 당첨자가 **부담함.**

적절한 조사와 서술어를 넣어 그 뜻을 명확히 하는 게 좋겠습니다.

청중평가단 참여를 희망하시는 분은 서둘러 신청해 주십시오.
→ **청중평가단에 참여하기를** 희망하시는 분은 서둘러 신청해 주십시오.

'청중평가단 참여를'이라는 표현은 명사가 나열되어 있어서 딱딱하게 읽힙니다. 이를 '청중평가단에 참여하기를'로 풀어 쓰면 좋겠습니다.

00 서포터즈 신청 **마감**: 2019. 10. 24.(금)
→ 00 서포터즈 신청 **마감일**: 2019. 10. 24.(금)

'신청서 제출 마감일은 2019년 10월 24일입니다.'가 의미상 정확하므로, '일'이라는 말을 붙인 '마감일'로 써야 합니다.

수집된 개인정보는 관련 법에 따라 **대회 후** 폐기
→ 수집된 개인정보는 관련 법에 따라 **대회가 종료된 후** 폐기

'대회 후'라는 표현은 자연스럽지 않습니다. 이를 '대회가 종료된 후'로 고쳐 써야 하겠습니다.

활발한 서포터즈 활동이 가능하신 분
→ **서포터즈 활동을 활발하게 하실 수 있는** 분

원 구문은 딱딱하게 읽힙니다. 두 번째 구문과 같이 고쳐 쓰면 훨씬 매끄럽게 읽을 수 있습니다.

신청 기간: 2019. 7. 19. ~ **7. 31.까지**
→ 신청 기간: 2019. 7. 19. ~ **7. 31.**

'까지'는 쓸 필요가 없는 말입니다.

체험 **후기** 마감일: 2019. 2. 25.
→ 체험 **후기 접수** 마감일: 2019. 2. 25.

'접수'라는 말이 들어가야 그 뜻이 명확해집니다.

서포터즈로 참여하신 분들에게는 기념품과 소정의 **사례를** 드립니다.
→ 서포터즈로 참여하신 분들에게는 기념품과 소정의 **사례금을** 드립니다.

사례(謝禮)는 '언행이나 선물 따위로 상대에게 고마운 뜻을 나타냄.'입니다. 올바른 표현이 되기 위해서는 '사례'를 '사례금'으로 바꿔 써야 합니다.

2월 5일**~**10일까지 댓글 달기 이벤트를 진행합니다.
→ 2월 5일**부터** 10일까지 댓글 달기 이벤트를 진행합니다.

물결표(~)를 '부터'로 바꾸어 주면 자연스럽게 읽을 수 있습니다.

이벤트 1, 2, 3에 **대한 중복 참여가 가능합니다.**
→ 이벤트 1, 2, 3에 **중복 참여할 수 있습니다.**

'~에 대한'은 영어 번역 투인데, 이 문장에서는 '대한'이 군더더기입니다. '중복 참여가 가능합니다.'는 매끄럽지 않은 표현이므로 '중복 참여할 수 있습니다.'로 고쳐 쓰면 좋겠습니다.

당첨자 **발표**: 2019. 11. 8.(금)
→ 당첨자 **발표일**: 2019. 11. 8.(금)

뒤에 날짜가 명시되었으므로 올바른 항목 명칭은 '당첨자 발표'가 아닌 '당첨자 발표일'입니다.

당첨된 분에게는 **개별 연락 후** 선물을 발송해 드립니다.
→ 당첨된 분에게는 **개별적으로 연락한 후** 선물을 발송해 드립니다.

원 문장은 명사 세 개('개별 연락 후')가 나열됨으로써 가독성이 떨어집니다. 두 번째 문장과 같이 고쳐 쓰면 훨씬 자연스럽게 읽을 수 있습니다.

체험단 지원자는 활동 내용을 **고려,** 적합한지를 우선 **판단하여** 신중하게 지원해 주시기 바랍니다.
→ 체험단 지원자는 활동 내용을 **고려하여** 적합한지를 우선 **판단한 후** 신중하게 지원해 주시기 바랍니다.

'고려'의 뒤에 '하여'라는 서술어를 덧붙이는 게 좋겠습니다. '하여'의 중복을 피하기 위해 '판단하여'를 '판단한 후'로 고쳐 써야 하겠습니다.

리뉴얼 축하 또는 바라는 점을 댓글로 정성스럽게 남긴다!
→ **리뉴얼을 축하하는 내용** 또는 바라는 점을 댓글로 정성스럽게 남긴다!

'축하'와 '댓글로 정성스럽게 남긴다'는 잘 호응하지 않습니다. '리뉴얼 축하'를 '리뉴얼을 축하하는 내용'으로 고쳐 쓰면 되겠습니다.

'나만의 소중한 보물'을 담은 사진을 짤막한 **소개와** 함께 보내 주세요.
→ '나만의 소중한 보물'을 담은 사진을 짤막한 **소개 내용과** 함께 보내 주세요.

'소개를 보내 주다'라는 표현은 어색합니다. '소개'를 '소개 내용'으로 바꾸어야 하겠습니다.

이 일정은 내부 사정에 **의해 변경될** 수 있습니다.
→ 이 일정은 내부 사정에 **따라 바뀔** 수 있습니다.

원 문장에는 한자어가 2개나 들어 있어서 가독성이 떨어집니다. '의해'를 '따라'로, '변경될'을 '바뀔'로 각각 고쳐 주면 좋겠습니다.

퀴즈의 정답을 **게시글 댓글**에 적는다.
→ 퀴즈의 정답을 **게시글의 댓글란**에 적는다.

'게시글 댓글에 적는다.'라는 표현으로는 의미를 제대로 전달할 수 없습니다. '게시글의 댓글란에 적는다.'로 고쳐 써야 하겠습니다.

대상과 우수상 당첨자의 경우, 제세공과금(8.8%) 본인 부담
→ 대상 당첨자와 우수상 당첨자는 본인이 제세공과금(8.8%)을 부담하여야 함.

원 구문은 서술형 명사로 마무리되어 있으며 조사가 빠져 있어 가독성이 떨어집니다. 두 번째 구문과 같이 고쳐 쓰면 자연스럽게 읽을 수 있습니다.

잘못된 개인 정보 입력이 있을 때에는 이벤트 상품이 재발송되지 않습니다.
→ **개인 정보가 잘못 입력되었을 경우에는** 이벤트 상품이 재발송되지 않습니다.

'잘못된 개인 정보 입력이 있을 때에는'라는 표현은 적절하지 못합니다. 이를 '개인 정보가 잘못 입력되었을 경우에는'으로 고쳐 쓰면 좋겠습니다.

이벤트 게시글에 **캡쳐** 사진, 이름, 연락처를 비밀 댓글로 남긴다.
→ 이벤트 게시글에 **캡처** 사진, 이름, 연락처를 비밀 댓글로 남긴다.

외래어 표기법에 따라 '캡쳐'가 아닌 '캡처'로 써야 합니다.

'00 TV'를 구독하고 좋아요를 누르신 분들 중 **추첨을 통해** **병원이 준비한 선물을 드립니다!
→ '00 TV'를 구독하고 좋아요를 누르신 분들 중 **추첨을 통해 당첨되신 분들께는** **병원이 준비한 선물을 드립니다!

원 문장에서는 어떤 사람들에게 선물을 드리는지가 명확하지가 않습니다. '추첨을 통해'의 뒤에 '당첨되신 분들께는'을 덧붙이는 게 바람직합니다.

이 제품을 **널리 홍보해** 주시는 분들께는 푸짐한 상품을 드립니다.
→ 이 제품을 **홍보해** 주시는 분들께는 푸짐한 상품을 드립니다.

'홍보(弘報)'는 '널리 알림.'을 뜻합니다. '홍보'에 이미 '널리'라는 의미가 포함되어 있으므로 '널리 홍보해'는 겹말 표현이 됩니다.

이벤트 게시글에 **좋아요하기**
→ 이벤트 게시글에 **좋아요 누르기**

'좋아요하기'를 '좋아요 누르기'로 고쳐 쓰면 명확한 표현이 됩니다.

도시 정비 업체를 통한 정보 **확보**
→ 도시 정비 업체를 통한 정보 **입수**

'확보'보다는 '입수'가 더 적절한 말입니다.

접수된 개인 정보는 상품을 발송한 후 **파기**합니다.
→ 접수된 개인 정보는 상품을 발송한 후 **삭제**합니다.

'파기(破棄)'는 '깨뜨리거나 찢어서 내버림.'을 뜻합니다. 내용상 '삭제'가 더 적절한 말입니다.

㈜00의 **인스타그램 내** 발표
→ ㈜00의 **인스타그램에서** 발표

'인스타그램 내 발표'는 어색한 구문입니다. '인스타그램에서 발표'라고 고쳐 쓰면 자연스러운 구문이 될 수 있습니다.

색상은 주황으로 제공됩니다.
→ 증정 제품의 색상은 주황색입니다.

'색상은 주황으로 제공됩니다.'는 그 뜻이 명확하지 않습니다. 두 번째 문장과 같이 고쳐 주면 좋겠습니다.

SNS를 통해 출품작을 확인한 후 수상자에 한해 개별 **메시지**
→ SNS를 통해 출품작을 확인한 후 수상자에 한해 개별 **메시지 발송**

'메시지' 뒤에 서술형 명사인 '발송'이라는 말을 덧붙이면 자연스러운 문장이 됩니다.

지급 방식: 2020. 6. 1.에 포인트를 **일괄** 적립
→ 지급 방식: 2020. 6. 1.에 포인트를 **한꺼번에** 적립

어려운 한자어인 '일괄' 대신 쉬운 우리말인 '한꺼번에'를 쓰는 것이 좋겠습니다.

이벤트 페이지의 **밑부분에** 안내 버튼을 클릭하시면 됩니다.
→ 이벤트 페이지의 **밑부분에 있는** 안내 버튼을 클릭하시면 됩니다.

'밑부분에'라는 말만 있으면 뒤의 문구와 자연스럽게 이어지지 않

습니다. '밑부분에' 뒤에 '있는'을 덧붙여야 하겠습니다.

모든 **응모자에 한해** 특별 포인트를 증정
→ 모든 **응모자에게** 특별 포인트를 증정

'모든 응모자에 한해'는 어색한 표현입니다. 이를 '모든 응모자에게'로 고쳐 쓰면 좋겠습니다.

랜덤 추첨 → **무작위로** 추첨

국립국어원에서는 '램덤'이라는 말을 '무작위'로 순화한바 있습니다.

제세공과금 규정에 **비동의하여** 경품을 지급할 수 없는 경우
→ 제세공과금 규정에 **동의하지 않아** 경품을 지급할 수 없는 경우

'비동의하다'는 우리말답지 않습니다. 따라서 '비동의하여'를 '동의하지 않아'로 고쳐 써야 하겠습니다.

나. 띄어쓰기

틀린 표기	바른 표기	틀린 표기	바른 표기
경진대회	경진 대회	유의사항	유의 사항
당첨확률	당첨 확률	응모기간	응모 기간
우수사례	우수 사례	참가신청	참가 신청
우편접수	우편 접수	참여방법	참여 방법